忠実でマジメな騎士
バルドゥール
物理で殴る
小動物系ヒロイン
フィーネ
解説担当
小《こ》林《ばやし》 詩《し》帆《ほ》乃《の》
実況担当
遠《えん》藤《どう》 碧《あお》人《と》

「いやもうこのツンデレ悪役令嬢の
リーゼロッテがいいんだよ！
この健気さは男の子も絶対に
きゅんとくるから、遠藤くんもやって!!
そして泣いて!!」
結果、彼は泣いた。

ツンが強い！
ツンが強いぞリーゼロッテ！
リーゼロッテはツンデレですからね。
素直に言えるわけがないんです。
「今、【神の声】が聴こえて……」
ツンデレ悪役令嬢
リーゼロッテと
実況の遠藤くんと
解説の小林さん

メインヒーローの王子様
ジークヴァルト
ツンデレ悪役令嬢
リーゼロッテ
自分の気持ちを素直に言えないせいで、乙女ゲーム『マジカルに恋して』内で破滅エンドを迎える侯爵令嬢。

ツンデレ悪役令嬢リーゼロッテと実況の遠藤くんと解説の小林さん

恵ノ島すず

Illust えいひ

TSUNDERE akuyaku
reijou Liselotte to
Jikkyou no Endo kun to
Kaisetsu no Kobayashi san

口絵・本文イラスト
えいひ

装丁
百足屋ユウコ+モンマ蚕（ムシカゴグラフィクス）

CONTENTS

TSUNDERE akuyaku
reijou Liselotte to
Jikkyou no Endo kun to
Kaisetsu no Kobayashi san

第1章　神の声がきこえて

「ツンが強い！　ツンが強いぞリーゼロッテ！　これはさすがにやりすぎかっ⁉」

「リーゼロッテの今の言葉、単に『私もまぜてー』という意図なのでしょうが、婉曲《えんきょく》すぎる物言いと日頃《ひごろ》の尊大すぎる振る舞いとのせいで完全に誤解されてますね。これでまた殿下のリーゼロッテに対する好感度が、がくんと下がったと思われます。これは由々しき事態です……！」

緊迫した空気の中庭に、突然奇妙な男女の声が響いた。

力強い印象の男性の声と、落ち着いた印象の女性の声。

このときより天から降り始めたこの対照的なようで絶妙に噛《か》み合った二つの声は、後に【実況の遠藤《えんどう》くんと解説の小林《こばやし》さん】としてこの国の歴史書に記されることになる、偉大なる二柱の神々が発したものであった。


――――


「あら、こんなところで、いったい何をなさっているのかしら？」

ハニーブロンドの髪を縦ロールにまとめた、紫色の瞳《ひとみ》の派手な美貌《びぼう》の少女、私の婚約者にしてリーフェンシュタール侯爵令嬢のリーゼロッテが中庭にあらわれてそう言った瞬間、私は『面倒なことになった』と思った。

「あ……、あの、その、授業でわからないところが、あって……」

そう言って今まで膝《ひざ》の上に広げていたノートを恥ずかしげに閉じようとするローズブロンドに空色の瞳の少女、フィーネは、最近できた私の友人だ。

私と並んでベンチに腰かけていた彼女は、おどおどと震えながら立ち上がり、ぎこちなく頭を下げた。

「彼女が困っているのを見かけた私が、すこし教えていただけだよ。リーゼロッテは、なぜここに？」

フィーネの言葉を補足しながらそう尋ねると、リーゼロッテは私に向かって軽く黙礼をしてからかたい表情で口を開く。

「私《わたくし》の婚約者が、とある女生徒と、二人きりで、中庭にいると、わざわざ親切にも教えてくださった方がおりましたので。すこし様子を見に参りましたの」

とげのある声音と表情で語られたその言葉に、私は『ああ、やはり面倒なことに』と思いながら、軽く手を振って彼女の礼にこたえた。

それからこっそりと小さなため息を吐《つ》いて、どうにか笑顔を作って、説明する。

「君が心配するようなことなど、なにもないよ。ここは人目もある中庭で、今だってただ魔法理論学の話をしていただけだ」

「ジークヴァルト殿下にそのつもりがなくとも、そちらの方がどのような心づもりなのか、誰《だれ》にもわかりませんでしょう？」

リーゼロッテの言葉と咎《とが》めるような視線に、びくりと震えたフィーネが痛ましい。

たしかにものすごくひねくれた目で見れば誤解を与える状況であったかもしれないが、私もフィーネもやましい気持ちは一切ない。

普通に考えれば咎められるようなことはしていない。

けれど、おそらく私の婚約者であるリーゼロッテに告げ口をした者が、悪意を持って事実を誇張して伝えたのだろう。どうしたものか。

「まあ、あなたのようにこれまでまともな教育を受けたことのない庶民が、王立魔導学園の講義についていくことは確かに大変でしょうね。よろしければ、私からもご教授してさしあげましょうか？　……ああ、それともフィーネさんは、見目麗しい殿方からしか、教わりたくないのかしら？」

私がなんと言ったものか考えあぐねて沈黙しているうちに重ねられたリーゼロッテの暴言に、さすがに窘《たしな》めようと口を開けた瞬間。

「ツンが強い！　ツンが強いぞリーゼロッテ！　これはさすがにやりすぎかっ⁉」

「リーゼロッテの今の言葉、単に『私もまぜてー』という意図なのでしょうが、婉曲すぎる物言いと日頃の尊大すぎる振る舞いとのせいで完全に誤解されてますね。これでまた殿下のリーゼロッテに対する好感度が、がくんと下がったと思われます。これは由々しき事態です……！」

天から、【神の声】が響いた。

「なぜそんなことをするんだリーゼロッテ！　嫌味など言っても殿下の心が離れるだけだと、なぜ理解できない……っ！」

口惜《くや》しげに続ける男性の声。私が思わず辺りを見回しても、その姿はない。

名指しにされたリーゼロッテも私の傍らのフィーネも声に気づいた様子はなく、リーゼロッテは敵がい心をむき出しにして、フィーネは怯《おび》えた様子で、互いに見つめあっている。

「リーゼロッテはツンデレですからね。フィーネちゃんの外聞が悪くなることを本気で心配していることも、殿下のことが好きで好きで仕方ないからこんな些細《ささい》なことにまで嫉妬《しっと》してしまってることも、素直に言えるわけがないんです」

冷静な女性の声で語られた内容に、衝撃を受けた。

す、好き……？　誰が誰を……？　嫉妬……？

というか、【ツンデレ】とは、なんだ……？

わけのわからないことを言うふしぎな声に混乱する私を、心配そうに見つめているリーゼロッテと、ふいに目が合った。

「殿下、どうかなさいましたか……？」

「いや、その、今、【神の声】が聴こえて……」

リーゼロッテからの質問に、はっきりと確信は得られないままそう答えた私の声は、非常に弱々しいものだった。

そう、たぶんこれは、王族にしか聴こえない、【神の声】、というものなのであろう。

私の一族がなぜこの国の王族となったかといえば、この能力だ。

私たちは、異界に住まうという神々の声を聴くことのできる一族であったがために民を導く王として祭り上げられた。

天から降るように響く【神の声】は、私たちに様々なことを教えてくれる。

ときに知識を、ときに未来を。

ただ、父や祖父に聞いた話、また王家の記録に残されている部分から考えると、神々との交信というのは神々のきまぐれと評されるほど、儚《はかな》いものだ。

王族の祈りにこたえて知恵を与えてくださる場合や、天災などのなにか大きな事件が起こる前にほんの一言二言授けられることが多く、けしてこんな立て板に水のごとき語りを勝手になさるものではないはずだ。

それも二柱同時にお声を聴かせていただけるなどということは、王家の記録に残っている限り、これまでになかった。

私の知識とかけ離れた現状に、また神々の声で告げられたあまりに現実味のない内容に、私は密《ひそ》かに困惑していた。

たぶん、おそらく、きっと、などという副詞を【神の声】の上につけたい気持ちと、いや神を疑うなどできないという信仰心とが、私の中でせめぎあう。

「こんなこともご存知ありませんの？」などという嫌味を交えながらも懇切丁寧にフィーネに私と

私の祖先の能力やそれにまつわる伝説を説明するリーゼロッテを眺めながら、私は考察を重ねる。

先ほどのはおそらく【神の声】で、それを信じるならば、彼女は私のことが好きらしい。

しかし、私とリーゼロッテは婚約者同士という関係ではあるが、彼女は日ごろ私に甘い顔を見せることは一切ない。

一応王族である私に対する敬意を払ってくれてはいる。

しかしどこか他人行儀というか慇懃《いんぎん》というか、彼女はいついかなるときでも硬い態度と表情を崩さず、先ほどのように私の言動を諌《いさ》めることも多い。

むしろ、私は彼女に嫌われていると思っていたのだが……。

素直に言えない、なんて、そんな問題なのだろうか……?

「なぜ突然リーゼロッテによるジークヴァルト殿下語りが始まったんだ⁉」

「私にもわかりません。殿下に【神の声】が、聴こえた……? え、フィーネと殿下の覚醒《かくせい》はまだだから今の殿下は神の声を聴けないはずだし、殿下との中庭イベントはこんなのじゃないし、隠しの神様ルートに入るには時期がはやすぎる……。……まさか、私も知らない、別の隠しルート?

遠藤くん、なんか変なコマンドでもいれた?」

素に近いとでもいおうか、気取ったところの取れた声音で、女神のお声が響いた。

確かに私はまだ成人もしていない未熟者で、神の声が聴こえたことはこれがはじめてだ。

けれど私にしか聴こえていない様子の、この天より降るような声は【神の声】にちがいないと、どこかで確信してもいる。

「いやなんもしてねーよ。小林さんの言ったとおりフツーにオートプレイで流してるだけ。さっき【中庭で勉強しようかな】の選択肢を選んだあとはコントローラーさわってもいないし……」

同じく気取ったところの取れた声音で、【エンドーくん】と呼ばれた男神が言う。

「あ、あの、エンドー様、と、コバヤシ様と、おっしゃるのでしょうか……？」

私はベンチから立ち上がり、困惑した様子で話し合う二柱の神に向かって、声をかけた。

すると、【天】が、しん、と、静まりかえる。

ほぼ同時に【神の声】との対話にのぞむ私に気を遣ったのか、リーゼロッテもフィーネも黙ってしまったので、私はまったくの無音となった空間に、言葉を重ねていく。

「突然の呼び掛け、失礼いたしました。私はフィッツェンハーゲン王国国王が第一子、王太子のジークヴァルトと申します。先ほどからお二方は私を殿下とお呼びですが、どうかジークヴァルト、もしくはジークとお呼びください」

まずは、神に向かって挨拶《あいさつ》をし、頭を下げた。

私に続きリーゼロッテが優雅に、フィーネが慌てた様子でたどたどしく、それぞれ膝を折り頭を下げる。

神々は、王族の私よりも、侯爵令嬢のリーゼロッテよりも、平民のフィーネよりも遥《はる》かに上位の存在だ。殿下などと呼ばれては決まりが悪い。

「エンドー様が、……その、『ツンが強い！』と叫ばれた瞬間より、私にはお二方の声が聴こえております。私どもの一族は、異界に住まう神々の声を聴くことができるのです」

姿は見えないが、なんとなく戸惑っている気配の二柱に向かって私は言葉を重ねた。

「ああー……、いや、たしかにそんな設定あったけど……。え、異界ってここのことなの？　マジでこっちの声聴こえてんの？　じゃあ……、殿下、いやジーク、もし本当に聴こえていたら、リゼたん、いや、リーゼロッテに、ちゅーのひとつでもしてください！」

……。…………。……【ちゅー】⁉

私は、コバヤシ様の言葉に、再び衝撃を受けた。

つまり、私は今、リーゼロッテに、接吻《せっぷん》を、しろと言われた……、のか⁉

とんでもないことだが、神のご指示だ。王族として、いやこの世界に住まう者として、従わないわけにはいかないだろう。

それに、リーゼロッテは私の婚約者だ。接吻くらいはしてもゆるされ……、いや、さすがに人前ではまずいな。ああ、いやでも、とはいえ、神のご指示で……。

ぐるぐると考え込みながらも、私はリーゼロッテに向かって歩を進め、そっとその頬に右手で触れた。

「で、殿下……？」

彼女は戸惑ったように私を見上げ、硬直している。

これからすることを考えると、緊張でどうにかなりそうだ。

いや、神の指示だ。いやでもここは中庭で。人目もある。だが神の言葉は絶対で。ああ、彼女の頬はやわらかい。白く吸い付くような肌で。唇も桜色でつやつやしていて……。

ぐるぐると、ぐちゃぐちゃと、そんなようなことを考えた私は、勢い任せに。

「な、なにを……っ」

うろたえた様子のリーゼロッテを無視する形で、口づけた。

吸い寄せられるように。

その、頬に。

「……これで、よろしい、でしょうか？　コバヤシ様」

さすがに、唇には、できなかった。

というか、頬ですらものすごく恥ずかしい。

具体的にどこに接吻しろとは、よく考えれば言われていない。というのは、完全なる言い訳だが。

これが、私の限界だった。

「きっ……！」

人前でこんなことをしでかしてしまったという羞恥《しゅうち》とリーゼロッテの頬のやわらかさとなめらかさの感触にどぎまぎする私の耳に、コバヤシ様の漏らしたそんな音がきこえた後、しばしの沈黙が場を支配する。

私の手のひらに触れているリーゼロッテの頬が、熱い。見れば真《ま》っ赤《か》だ。ちょっと涙目で口をわなわなさせている。そしてぷるぷるしている。

なんだこれかわいいなおい。

はっ、いけない。あまりにかわいくて思考が乱れつつあるな。

「きたきたきたきたぁあああああああああ!!」

キン、と、衝撃を受けるほどの、私の混乱を吹き飛ばすほどの大音量で、コバヤシ様が叫んだ。

「お、おちつけ小林さん！」

「無理！　無理！　無理!!　だって！　ジークとリゼたんが!!　……キスぅ！　ほっぺだけど！　キス！　キスだよ！　【ほっぺにちゅー】だよ!!　そんでリゼたんくっそかわえぇ!!　いやもう私はこれ見れただけで細かいことはどうでもいい……！」

「よくないだろ!?　っつうか理屈はわかんねーけどマジでこっちの声聴こえてるっぽいじゃん。それならジークにがんばってもらってそれこそラスボスとか魔女とか回避させられるんじゃねーの？　冷静にその方向でがんばろうや、な!?　……まずはとりあえず俺の背中叩《たた》くのやめてっ!?」

「……それだ！」

なだめようとしているらしいエンドー様と興奮したようなコバヤシ様がそう叫ぶと、二柱は声をひそめ、ごにょごにょとなにやら話し合いを始めた。

私はそっとリーゼロッテの頬から手を離す。

二柱の邪魔をするわけにはいかないのでこのまま待機するしかないが、本当は先ほどのリゼたん、おそらくリーゼロッテのことだろう、が、かわいいというお言葉に全面同意したい。

普段のリーゼロッテはとても気が強いし、マナーにもうるさい。

その美貌《びぼう》に惹《ひ》かれた数多《あまた》の男にどれほど言い寄られようと表情ひとつ変えずに「私はジークヴァルト殿下の婚約者ですから」と冷たくはねつけるような彼女が、言葉を失い真っ赤な顔でぷるぷる

と震えることしかできなくなるとは思っていなかった。

まあ、私がそれだけのことをしでかしてしまったということなのだろうが。

けれど、私は即座に無作法を咎められるか、絶対零度の視線で汚物のようににらみ付けられるか、なんならとっさにひっぱたかれるくらいのことは覚悟していたのだが。

私はあらためてリーゼロッテを見た。

……顔、というか、耳も、首も赤いな。どこまで赤いんだろう。

「えー……、コホン」

リーゼロッテに見とれていたら、ふいに女神の咳払《せきばら》いがきこえた。

神々の間で話がまとまったのだろうか。

私は背筋を伸ばし、神々の声を傾聴する姿勢になった。

「えーと、とりあえず、私らが神とか言われてもよくわからないし、それっぽく振る舞うこともできないので、このままいきます」

コバヤシ様が、そう宣言なさった。私は天を見上げうなずく。

神の、御心のままに。

「私は、シナリオ……、ええと、この先この学園を中心に、そちらの国にどんな事件が起こるのかを、知っています」

さすがは、女神。私はコバヤシ様のお言葉に感服した。

けれど同時に、【事件】という単語に、嫌なひっかかりを覚える。

「待ってください。この学園で、なにか事件が起きるのですか？」

この学園には国内で魔法の素養を持つ子どもたちすべて、つまりは私をはじめとした王侯貴族の子女が通うことを義務付けられ、そして実際に学んでいる。

当然この学園の教員や職員、セキュリティ対策は国家として最高レベルのものが用意されていて、ここでなにかが起こることなど、考えづらい。

「起きる……、というか、起こすことを未然に防ぎたい、というか、その━……」

この上なく言いづらそうに、コバヤシ様はそうおっしゃった。

「ジークなら、それを未然に防げるんだよ。ただこれあんまり言いたくないっつーか言っちゃまずい事情があるっつうか、その、なあ……」

これまた言いづらそうに続けられたエンドー様のお言葉に、私は首をひねる。

先ほど彼《か》の方がおっしゃっていた『ジークにがんばってもらってそれこそラスボスとか魔女とか回避』ということだろうか？

私はいったいなにをどうがんばればいいのだろう？

「なんて言うか……、このままだと、そこにいるとってもツンデレで最高にかわいい女の子、リゼたんが、━━リーゼロッテ・リーフェンシュタールが、【破滅】を迎える運命にある、のです」

慎重に言葉を選ぶようにコバヤシ様がおっしゃった言葉に、私の血の気が引いた。

リーゼロッテが、……破滅？

いったい、どういうことだ？

「でも、その理由は、まだ言えない。今のジークには、教えることができない」

きっぱりと断言された女神の言葉に、私は悔しい気持ちになる。

私の婚約者のことなのに。私が、未熟なせいで。

「まあ、でもほら、あんまり序盤でネタバレってのも、興ざめだろ？」

うつむいた私を元気付けようとするかのように、ことさら明るい声音でエンドー様が告げた。

「そうそう！　そもそも全部いっぺんに伝えようとしたら話が複雑でくっそ長くなっちゃうし！　そんなわけで、『今だ！』っていう情報を、そのつど私たちが、実況と解説でお伝えすることに決めました‼」

明るく告げられたコバヤシ様の宣言の意味が把握しきれなかった私は、首をひねる。

実況と、解説……？

戸惑う私の耳に、どこか楽しげなお二方の声が届く。

「えーと、俺、いや、私は実況の遠藤」

「私は解説の小林です」

男神が、【実況のエンドー】様、女神が、【解説のコバヤシ】様。

その宣言を、私はしっかりと脳裏に刻み込む。

「私たちはこの先の展開と、なによりリゼたんの心情を知った上で、実況と解説をつけます。ジークはそれを聴いて、きちんと彼女と、向き合ってほしい。そしたらいつかすべての事情を明かせる日も、来るかもしれないし来ないかもしれないけど、でもとにかく、事件も、破滅も、……クソッタレなバッドエンドなんて、全部起きない、起こさせないので！」

力強く告げられた女神様の言葉に、私は確かな安心感を覚えた。

「もう、こっちは勝手にしゃべるから、ジークはよく聴いて、自分で考えて、動いてくれ。つうか、さっきからこっちとそっちで会話してんのすげー変な感じだし、ジーク完全にイタいやつになってるし。俺らが実況と解説ってのは、あくまでも部外者と思ってほしいって意味でもある。だから俺らの実況解説には、言葉を返さなくていい。聞くだけ聞いて、聞き流せ」

イタい、やつ……？

続いたエンドー様のお言葉で思わずリーゼロッテとフィーネを横目で盗み見ると、二人とも、非常に困惑した表情を浮かべている。

ああ、うん、神と対話をしているのはわかっていても、二人には私の声しか聴こえないからな。行動も意味不明だ。

私は完全に不審者と化していた。

二人だけでなく、王族以外の者には【神の声】は聴こえない。人前で神々と会話をするのはハードルが高い。

『聞くだけ聞いて、聞き流せ』というのは、神々に対してそのように振る舞うのは恐縮だが、私にとっては非常にありがたい提案だ。

私は深く頭《こうべ》を垂れた。

「お気遣い、ありがとうございます。……あ、でも、その、まだいくつかお尋ねしたいことがあるのですが……」

「んー、……じゃあ、さいごにいっこだけ、な」

ひとつだけ許可された、質問。

事件のことも、神々のことも、なによりリーゼロッテのことも、訊《き》きたいことは無数にある。

エンドー様のお言葉に、私は一瞬どれを尋ねるべきか悩み、けれど私の未熟さゆえに開示していただけない情報も多いのではないかと焦り――。

「あ、その、【ツンデレ】とは、なんですか？」

間違えた。

結果、私は、訊くべきことを、間違えた。

コレじゃないだろう！　コレだけはちがうだろう、私！

知らぬ単語をあまりに連呼されていて確かに気になってはいたが……！

「ああ、ツンデレっていうのは、……なんだろ。態度はツンツンしてるんだけど、本当はデレデレしたいと思っている人物、というか、一見ツンツンしてるけど、実はわかりづらいだけのデレた甘い行動をしている人物、というか……？」

「要するにリゼたんのことです。リゼたんは今、自分の好意を素直に示すことができなくて、ツンツンしてます。でも、内心はジークにデレッデレです。リゼたんを見てればいつかおのずと理解できるかと。はい、ではさっそく彼女とちゃんと向き合ってください！」

「……ありがとう、ございました」

律儀にこたえてくださった神々に再度頭を下げて、私はリーゼロッテたちに向き直る。

間違えてしまったことを悔やんでもしかたがない。

そもそもこの二人と会話の途中だった。それも、それなりに緊迫していた気がする。

コバヤシ様のおっしゃった通り、きちんと彼女たちと向き合わなければいけないだろう。

「がんばれジーク！　負けるなジーク！　果たしてジークは先ほどまでの緊迫した空気に戻して、無事このイベントを完遂することができるのか……!?」

「既にリゼたんがゆでだこのぐでぐでだから無理ではないでしょうか。もう三人で仲良く勉強会したらいいと思います」

ですよね。

コバヤシ様のお言葉に、私は声には出さずに心のなかで同意する。

私が彼女に向き合った途端に、先ほどの【ほっぺにちゅー】のせいか顔を赤くしてそわそわとせわしなく自身の縦ロールを弄《いじ》りはじめたリーゼロッテには、この中庭にやって来たときの剣呑《けんのん》な雰囲気は一切なくなっている。

エンドー様のおっしゃる【イベント】がなにかはわからないが、神の干渉がなかった場合とは、もはやまったく状況が異なってしまっているだろう。

「神々との対話は終わった。さあ、このまま三人で勉強会といこうか。リーゼロッテ、こちらに」

なにか問いたげな二人に有無を言わせぬ笑顔でそう告げて、先ほどフィーネと並んで座っていたベンチに、リーゼロッテの手を引き導く。

そのまま左からフィーネ、リーゼロッテ、私の順に並んで座った。

今のリーゼロッテにフィーネにつっかかるほどの元気はなさそうだし、普段はいつでもどこでもどこまでも美しく優雅な所作のリーゼロッテがぎくしゃくとベンチに座った様子を、フィーネがどこか微笑《ほほえ》ましげに見ている。並べて座らせても大丈夫だろう。

というか、この並び以外では、また悪意のある誰かに口さがない噂《うわさ》にされる可能性があるし。

「で、フィーネ、なにがわからないのだったかな？」

神の話はおしまいとばかりに更に笑顔で圧をかけながら発した私の言葉を受けたフィーネが、戸惑いながらもおずおずとノートを開いた。

リーゼロッテがそれを覗《のぞ》き込み、内容を確認している。

フィーネが躓《つまず》いているのは前提部分、基礎の基礎だ。

私たちはこの学園に入る前に当たり前に知っていたようなこと。

けれど、これまで魔法が使えない庶民の中で生きてきた彼女は、知らないこと。

「あ、あら、こんなこともご存知ありませんの？」

フィーネのノートを確認したリーゼロッテは小馬鹿にしたようにそう言いながら、フィーネのペンを奪い、ノートに解説らしきものを書き始めた。なんだかんだ言って教えるつもりはあるらしい。

「これまで学習の機会がなかったんだから仕方ないだろう」

そう言いながら、私がリーゼロッテの向こうにいるフィーネに教えるにはこうするしかないと、自分で自分に言い訳をする。

「これは……」

私はリーゼロッテを抱え込むように、その背中に触れるか触れないかのぎりぎりまで密着しながらフィーネの方を向き、口を開いた。

「……っ！」

とたんにわかりやすく硬直して、口を閉ざし、手もぴたりと止め、耳も、首も、おそらく顔も真《ま》っ赤《か》にするリーゼロッテは、やっぱり、かわいい。

この彼女の反応からして、先ほど神によって知らされた『リーゼロッテはジークヴァルトのことが好き』という情報は、どうやら真実なのかもしれない。

そしてその事実はたまらなく愉快で、どうにも嬉《うれ》しいものだった。

そのまま私は上機嫌に話し、リーゼロッテは私の急な態度の変化にあきらかに戸惑いを見せ、フィーネはそんなリーゼロッテをにやにやと眺め、コバヤシ様は時折解説を忘れきゃあきゃあと騒ぎ、エンドー様は時折「痛い痛い、ちょ、やめて小林さん……！」と叫んだ。


……あちらの世界で、いったいなにが起きているのだろうか。

◆◆◆

あちらの世界で実況の少年と解説の少女は

「いやー、びっくりしたね……」

どちらからともなくまったく同じ言葉を口にした少年と少女は、またどちらからともなく、ふ、と目を見合わせて笑った。

「なにはともあれ、これからよろしくね、実況の遠藤《えんどう》くん」

そう言ってにっこりと笑う少女の笑顔に覚えたときめきを隠しながら、少年はつとめてクールな面持ちで彼女の差し出した手を握る。

少年の名は、遠藤碧人《あおと》。高校二年生。部活は現在放送部に所属。

彼の片思いの相手は、同じく放送部員にして彼のクラスメイトにして今彼の目の前で微笑《ほほえ》んでいる少女、小林《こばやし》詩帆乃《しほの》である。


――


ことのはじまりは、詩帆乃が部室に持ち込んだ一本の乙女ゲームだった。

彼らの所属する放送部は、あまり厳しくない、というかありていに言ってしまえばゆるいことで知られている。

大会前は別として、日頃《ひごろ》部員全員で集まって練習をするのは週に一回水曜日だけ。

けれど放送部というものは、練習がない日でも朝、昼、放課後の放送は毎日当番で行わなければいけないものだ。

よって、水曜日以外の放課後は、部室にいるのは当番の二人だけであることが多いことも手伝い、必然的にみなかなり暇《ひま》をもて余す。

そんなときの暇潰しのため、放送部の部室、防音仕様の放送室の手前にあるそれほど広くはないスペースにはマンガ、テレビ、据え置き型ゲーム機などなどが所狭しと揃《そろ》えられているのだ。

彼の愛する彼女は、ある日そこにとある乙女ゲームのソフトを持ってやってきた。

略称【まじこい】。

正式には【マジカルに恋して】、というタイトルのそのゲームは、近世ヨーロッパ風の魔法が存在する世界で、一五歳まで庶民として生きていた主人公の女の子フィーネが貴族にしか使えないはずの魔法をなぜか使えることが判明するところからはじまる恋愛シミュレーションゲームだ。

フィーネは貴族の子女ばかりが通うきらびやかな王立魔導学園へと入学し、そこであちらの王子様こちらの騎士様そちらの先生など五人（プラス隠しルートの神様一柱）の攻略キャラクターたちと恋をしたり恋をしたりたまーにちょっとだけ冒険をしたりする。

学園は一五歳から入学し、一八歳で卒業するのが通常で、そのうちのフィーネが一年生として過ごす最初の一年間がゲームの舞台となっている。

「いやもうこのツンデレ悪役令嬢のリーゼロッテがいいんだよ！　この健気《けなげ》なかわいさは男の子も絶対にきゅんとくるから、遠藤くんもやって‼　そして泣いて‼」

小林詩帆乃はそのゲームを自身で攻略し終えた後、『自分がいいと思ったものを少しでもたくさんの人に知ってほしい、仲間を増やしたい』という衝動のまま、興奮冷めやらぬ様子でそう熱弁をふるった。

その相手が、朝昼放課後の放送当番でいっしょになることの多い遠藤碧人だった。

碧人と詩帆乃が可能な限り多く当番でいっしょになれるように部員全員が協力している程度にはわかりやすく彼女に惚《ほ》れこんでいる彼は、しぶしぶ、といった表情で、けれど自分が布教相手に選ばれたことにどこか嬉《うれ》しさを隠しきれない様子でその提案を了承し、まじこいという乙女ゲームをプレイすることになった。

それが六月初旬、今から一月半ほど前のこと。

碧人は当初、リーゼロッテに興味もなければ、ツンデレの魅力というのもわかりそうになかった。けれど詩帆乃がときに萌え悶《もだ》え、ときに箱ティッシュを空にするほどに泣き、ときに奇妙な、彼の目にだけはかわいく見えたおどりをおどるほどに喜びを爆発させて全力でプレイしていたゲームには、興味があった。

くわえて、彼女との共通の話題が増えれば、それだけより親密になれるかもしれないという打算もあった。

そんな思惑から、碧人は男子高校生である彼にとってはなかなかハードルの高い乙女ゲームというものを、詩帆乃の指示に従いながら進めることにしたのだった。

「で、どこからどうやるのがおすすめ？」

「まずはファンディスクからかな！　リゼたんの魅力を知ってからの方が本編が味わい深いから！　あのね、まずね、リゼたんっていうのは本編では悪役令嬢として登場する侯爵令嬢で、文武両道なハイスペック美少女で、ことあるごとに主人公のフィーネちゃんにつっかかってくるわ嫌味を言うわイベントごとに越えるべき壁として立ちはだかるわ最終的には【古《いにしえ》の魔女】っていう悪魔みたいなのにとりつかれてラスボスになっちゃうわな子なんだけど、実はただのツンデレなの！」

軽い気持ちでした質問に怒濤《どとう》の勢いで答えが返ってきてひき気味の碧人に対し、詩帆乃は身振り手振りを交え、むしろ更なる熱量でリーゼロッテの魅力を語り続ける。

「リゼたんがただのツンデレっていうのは、このファンディスクをやるとわかるから！　あ、このファンディスクには本編のその後や本編時系列の舞台裏でなにが起きていたかみたいなノベルゲームがいっぱい入ってるんだけどね？　その中のひとつに【リーゼロッテの手記】っていうのがあって、まあラスボスの手記なんで当然殺される直前で終わってるんだけど、しかもめっちゃ悲しいっていうか全体的に重いんだけど……」

その悲しさを思い出したのか、少しトーンダウンして話を続ける彼女のその喜怒哀楽の激しさに笑みを浮かべながら、碧人はふんふんとうなずき彼女の言葉の続きを促す。

「まず攻略キャラの一人はジークヴァルト殿下っていって、王太子でリゼたんの婚約者なの。手記にはその彼に対する秘めた恋心と、天真爛漫《てんしんらんまん》なフィーネに対する密《ひそ》かな憧《あこが》れ、それから素直になれない自分の性格とうまくいかないジークとの関係に思い悩んでいるうちに【古の魔女】に徐々に精神を蝕《むしば》まれていく様が書かれているんだけど……。それだけでも不憫《ふびん》で健気で泣けるし、リゼたんの本音を知ってから本編をやってみるとなんとリゼたんがどちゃくそかわいい！　かわいいんだよ！　なので、これからやって！」

そう言って顔をあげた詩帆乃の瞳《ひとみ》は再びきらきらと輝いていて、それにつられるように碧人は彼女の申し出を受け入れ、ファンディスクの該当部分をプレイしたのだった。

結果、彼は泣いた。男子高校生が、乙女ゲームに、泣かされた。

そのくらい、リーゼロッテは不憫で、健気で、誤解されやすいけれどただジークヴァルトに恋をしていただけの少女だった。

深い嫉妬《しっと》に囚《とら》われ古の魔女に魅入られてしまったことは彼女の罪であるが、死亡時の年齢が一六歳だったことを考えれば、彼女が精神的に未熟なことは当然ともいえる。

手記において弱い自分を責める言葉を頻繁に記すほど、名家に生まれたものとしての責任感も強く努力家だった彼女がその恋心ゆえ魔女に負け、最終的には死んでしまったという悲劇に、その不憫さに、彼は泣いた。

「パッケージ絵がこんなきらきらふわふわで、しかもまじこいとかいうポップなタイトルのくせに、話が重い……」

手の甲で涙を拭《ぬぐ》いながらそんな泣き言を弱々しく漏らした碧人に対し、詩帆乃は非情にも更なる追撃を加えるかのように、ひとつの事実を告げる。

「なんとリゼたんはね、逆ハーレムエンド以外のすべてで死ぬ運命にあるんだよ……！」

「不遇すぎる！　あの子がいったいなにやったってんだ！」

詩帆乃の言葉にそんな風に本気で憤る程度には、既に碧人はリーゼロッテに対して憐憫《れんびん》の情を抱いていた。

彼女が最初「そして泣いて‼」と言ったときには正直ゲームで泣くだろうかと不安に思っていたはずの彼は、本気で泣いて、そして憤っていた。

「も、本当ひどいよね。攻略キャラにもやたら死ぬやついて、このふんわりかわいいタイトルからの人死にありの重たいシナリオは、確実に乙女たちにトラウマを植え付けてやろうっていう制作の悪意を感じるよ……。まあ、そこが話題になってこのゲームはすぐにファンディスクが出るくらいには売れたらしいけど……」

そんな詩帆乃の言葉を聞いた碧人は、なんとも言えない表情で、涙の余韻の洟《はな》をすすった。

「じゃあ、次はとりあえず間に一回【ハッピーエンド】をはさもうか？」

制作の悪意にげんなりした様子の碧人を見た詩帆乃は、そう笑顔で提案した。

そうして次に碧人が攻略したのは、本編の逆ハーレムルート。

これは本来五人の攻略キャラのベストエンドを見ると開放されるルートだが、既に詩帆乃が隠しルートまで含めたすべてのエンディング・スチルをフルコンプしていたため、碧人は変則的にこのルートだけを攻略した。

これは百合展開まで含んだ逆ハーレムルートで、五人プラスリーゼロッテがフィーネにめろめろになる。

そして六人は競うようにフィーネを愛し、特にリーゼロッテはフィーネへの愛ゆえに魔女が自身にとりつこうとするのをはねのけ、みんなで力をあわせて魔女を打ち倒して楽勝めでたしめでたしハッピーエンドというわけだ。

そのエンディングまで見終えたのが、七月下旬の今日のこと。

「い……、いやめでたくねーよ！　貴族のおぼっちゃんお嬢ちゃん王子様先生まで全員フィーネに惚れて全員キープされててどうすんのこっから先泥沼じゃん！　この国の将来平気⁉」

詩帆乃が言うところの【ハッピーエンド】を見終えた碧人は、おもむろにそう叫んだ。

そんな彼の様子を見た詩帆乃はくすくすと笑いながら、ハッピーエンドである根拠を語る。

「いやー、このルート以外は誰《だれ》かしら死ぬからなー……」

「なにそれ殺伐」

碧人は真顔でそう返した。

「ほら、前に言ったじゃん、攻略キャラで、やたら死ぬやつ。死にやすさナンバー2、騎士キャラのバルドゥール、バルってのがいたでしょ、そいつも逆ハーとバルルートのベストエンドとグッドエンド以外ではことごとく死ぬんだよね」

ナンバー2のくせに死なないルート一個のエンド二個増えるだけかよ。そんなん誤差の範囲でワンツーフィニッシュじゃねぇか。

そう思った瞬間の碧人の表情は、虚無だった。表情が抜け落ちていた。

制作の悪意に心を殺されたかのようだった。

「フィーネちゃんの覚醒《かくせい》？　っていうのかな、終盤に彼女が【神の寵愛《ちょうあい》】とかいうのをゲットして一段階強くなるイベントがあるんだけど、そのために死ぬ仲間キャラがバルなんだよね。もうちょっと生きようとして！　って叫びたくなるくらい、むしろ死にたがりやさんなのかな？　って心配になるくらい、ことごとく化け物になっちゃったリゼたんからフィーネちゃんを庇《かば》って死んじゃうんだ……。まあ、バルとリゼたんはいとこで兄妹《きょうだい》みたいな関係性だし、そこからくる責任感もバルが死ぬ一因なんだろうね……」

続けられた詩帆乃の言葉に、碧人は弱々しいうなずきを返している。

「とにかく、バルドゥールとリーゼロッテが揃《そろ》って生きてるってだけで、逆ハーエンドがまじこいでは最高のハッピーエンドなんだよね」

しれっとした表情でそうまとめた詩帆乃に、碧人はいまいち納得のいかない表情で、うなる。

先ほど碧人が見たばかりの逆ハーレムルートでは、リーゼロッテが化け物になることのないまま、肉体を手に入れることのできなかった、実体のない怨霊《おんりょう》状態の魔女が七人に囲まれてぼこぼこにされてあっという間に消滅させせられていた。

のっとられるも庇うもないまま、逆ハーレムルートにおいてはただ出現しただけで悪事は働いていないようにみえる魔女を袋叩《ふくろだた》きにした最終決戦だったが、他のルートではそうされるだけのことを魔女はしでかしている。

リーゼロッテと、バルドゥール。

この哀れな二人が魔女に殺されずに生きているというだけで、最高のハッピーエンドという詩帆乃の主張は、正解なのかもしれない。

けれど碧人はやっぱり納得がいかない様子で、口を開く。

「まあ、確かに生きてるって大事だけど……。【リーゼロッテの手記】から入った俺からすると、ジークヴァルトとリーゼロッテがうまくいくルートはないのかよ！　これで最高のハッピーエンドなのかよ！　ってなるな……」

碧人の言葉をうんうんとうなずきながら聴いた詩帆乃は、ふうと物憂げなため息を吐《つ》いた。

「リゼたんマジ不憫すぎるよねぇ。私なんかはむしろそこがかえってかわいくて愛《いと》しいと思うけど、たしかにもっといいエンディング見たかったかも。でもまあ、リゼたんはあくまで悪役令嬢で、まじこいの主人公はフィーネちゃんだから……」

そんな彼女の言葉にもまだ納得がいかない表情を浮かべたままの彼を、彼女は苦笑しながら見つめている。

「遠藤くんもすっかりまじこい、っていうかリゼたんにめろめろだね」

詩帆乃の少し意地の悪い言い方に、碧人はふいと、気まずげに視線をそらした。

そんな彼の耳に、実に楽しげな、Sっ気すら感じられる、小悪魔のような少女の言葉が届く。

「はい、では、次は、いよいよリゼたんがいちばんかわいそうなルート！　リゼたんの大好きなジークヴァルトがヒロインフィーネちゃんに攻略されちゃうルートをやってみましょー！」

「え、やだよぜってーかわいそうじゃん‼」

ばっと詩帆乃に視線を戻し、碧人は反射的にそう叫んだ。

「そこがいいんじゃん！　いっしょに最悪にかわいそうなリゼたんを見て泣こう⁉　そんでその悲しさを胸にジー×リゼの二次創作をいっしょにしよう⁉」

狙《ねら》いはそれだったらしい。

むちゃくちゃなことを言いながら【かわいそうなリゼたんを愛《め》でる仲間】を増やすべくじりじりと彼に歩み寄り、コントローラーを握らせようとする詩帆乃から、こちらもじりじりと碧人が逃走を図る。

といっても狭い部室内でのこと。二人の追いかけっこは、すぐに背中が壁についてしまった碧人の敗北で終わった。

「やだよ！　あー、あ、ほら、俺そろそろ部活の練習したいなー。発声練習とか、ほら、さすがに最近サボりすぎだしなー」

ところがコントローラーを押し付けられた碧人は、逃走先として部活動を持ち出してきた。

ここのところ二人がゲームにかまけてばかりで自主練習など少しもしていないのは事実だが、それは他の放送部員も同じ。なにせこの高校の放送部はゆるいことで知られている。

大会に出場する際にも本気で優勝を狙いにいったりはしない。

あからさまにただの言い訳だった。

彼はそれほどまでにリーゼロッテがかわいそうな目にあうところを見たくはないらしい。

それは既に詩帆乃の思惑通りになりつつあるということであるのだが、それに気がつかない彼は、それに気がついている彼女に、的確に追い詰められていく。

「いやジークヴァルトルートのジークヴァルトがもうちょーかっこいいんだって！　あーもうこれはリゼたんもここまで好きになるって納得するレベル！　そこを遠藤くんにも見てほしいし、実はこれが【リーゼロッテの手記】の表側にあたる話なんだよ！　気にならない？」

彼女の言葉に、碧人はゆらぐ。

彼は複雑そうな表情で首をひねり、引き続き詩帆乃の言葉に耳を傾ける。

「しかもね、最終決戦がビミョーに絶妙にジー×リゼしてるんだよ！　最終決戦でリゼたんを倒す直前、愛せこそしなかったけどそれでも婚約者で幼なじみのリゼたんを殺すなんてとジークが苦悩して、リゼたんもジークの……ああ、これ以上ダメ！　ネタバレよくないね！　実際プレイしてみてよ！　ね!?」

詩帆乃の熱弁に更に心動かされた様子の彼は、彼女の差し出すコントローラーに手をのばそうとしたり、ひっこめたり、実にわかりやすく葛藤《かっとう》している。

「いやどう考えてもジークヴァルト×リーゼロッテとしてはバッドエンドの悲恋じゃん……。たしかにそう言われると気になるけど、いや二次創作はしないけど。でも、あー……」

もごもごとそんな言葉を口にしながら悩みに悩む碧人に対し、詩帆乃はぱっとなにか思い浮かんだような笑顔になって口を開いた。

「あ、そうだ！　遠藤くん実況つけたらいいじゃん。私解説するよ！」

「ええ……？　や、これそういう類《たぐ》いのゲームじゃなくね……？」

困惑をあらわにする碧人にむかって、ぽんとコントローラーを手渡した詩帆乃は、そのまま彼の手を上から握ってコントローラーをかまえさせる。

「いやいやいや、実況するゲームなんてなんの種類でもいいでしょ？　乙女ゲームだって実況解説さえつければ、立派な放送部の部活動の一環！　ね！」

詩帆乃が朗らかに断言した理論は、ガバガバだった。理屈としては、破綻《はたん》していた。

しかしそう朗らかに断言した彼女の笑顔は、「いいこと思い付いた！」とばかりの実に爽《さわ》やかで、まぶしくて、自信満々なかわいらしいものだった。

片思いの相手である少女のそんな愛らしい笑顔を曇らせるようなことなど、少年には、できなかった。

こうして、遠藤碧人と小林詩帆乃は、まじこいというゲームに、ツンデレ悪役令嬢リーゼロッテに大いに同情しながら、実況と解説をつけることになったのだった。

――――

そうしてそんな実況と解説の声がジークヴァルトに届き、あちらの物語が動き出した、その直後。

「あれー……？　セーブデータの表示、なんかおかしいね……？」

そもそもなんでこんなことになったんだっけかなぁと数時間前のことを思い出していた碧人の耳に、そんな詩帆乃の声が届いた。

そこで碧人が彼女のいじっていたテレビゲームの画面を覗《のぞ》いてみれば、確かにそれは奇妙なことになっていた。

ゲーム上の日付、ルート名、主人公であるフィーネの現在地、最終プレイ時刻が並んで表示されるはずのそれは、ルート名と現在地の部分が奇妙に文字化けしてしまっていた。

実況と解説の二人が神の声として介入できるようになる前には、日付は入学直後の春四月一八日、ルートは攻略対象を追い掛け回して好感度をあげ、各キャラとイベントを起こし選択肢を選び更に好感度をあげる【共通ルート】で、場所は中庭であったはずだ。

ちなみに春から秋にかけてが共通ルートで、うまく好感度をあげると秋の終わりの文化祭において後夜祭のダンスで五人のうちの誰かに告白されていっしょにおどって個別ルートに入る。

逆ハーレムルートに入る際には通常攻略キャラクターの男五人が牽制《けんせい》しあっているなかさらりとリーゼロッテがフィーネとダンスをおどり、まさかの百合展開に碧人は目を白黒させていた。

「んんんー？　なんだこれコピーもできない……？」

セーブデータをあれこれといじりながら、詩帆乃が首をひねる。

「さっき俺がいじってたときから、既に動作おかしかったよ。選択肢消滅してたのは小林さんも見てただろうけど、オートプレイ止めることすらできなくて、まさに『キャラクターたちが勝手に動き出した』って感じだった」

そんな碧人の言葉に、詩帆乃の表情がますます険しいものへと変わる。

「できるのは、中断セーブとロードだけってこと？　ステータスは……、見れ、るけどなにこれ。フィーネのレベルが……、まだ鍛えてもいないのにカンストしてる……？」

画面を切り替えてステータス画面を眺めた彼女は、訝《いぶか》しげにそう言った。

まじこいには育成要素とＲＰＧ要素もわずかながらあるので、フィーネにはいわゆるレベルが存在している。

そして攻略キャラのレベルは伏せられており、その強さはどれくらいフィーネを手伝う気があるか、つまり好感度に連動する。

そしてまじこいというゲームには、モンスターや敵キャラとの戦闘に負けた場合のバッドエンドもある。端的にいうとフィーネが死ぬ。ヒロインなのに死ぬ。そんなバッドエンドだ。

あらゆるバッドエンドの回避を目指す二人にとってはこちらも気になるところであるステータス画面には、レベルがカンストして最強状態のフィーネの能力値と、好感度表示がぐちゃぐちゃにかき消された攻略キャラクターたちの名前だけが表示されていた。

「マジだこれソロクリアできるレベルじゃん。ゴリラかよ。こわ」

詩帆乃といっしょに画面を見ながら首をかしげていた碧人は、思わずといった様子でそう言った。

ソロクリア、とは、【ソロクリアエンド】のことだ。

放課後や休日のフィーネの行動はプレイヤーにゆだねられており、誰かをデートに誘うこともできれば、特殊イベントが起こることもあり、フィーネを鍛えあげることもできる。

あまりフィーネが弱すぎると前述の通りヒロイン死亡バッドエンドに突入するので本来バランスよく選択することが必要なのだが、すべての枠をフィーネを鍛えることに割り振ると、彼女のレベルをカンストさせることができる。

その場合に限り本来リーゼロッテが魔女にとりつかれて起こる晩秋の【負けイベント】でフィーネが単独勝利できる、それが【ソロクリアエンド】だ。

この【負けイベント】は共通ルート終盤のダンスのあと、ジークヴァルトに冷たくされて失意のあまり会場から逃げ出したリーゼロッテ、それを追いかけたフィーネ、令嬢二人を護衛するべく追いかけた騎士バルドゥールが裏庭に揃《そろ》ったところで、はじまる。

古《いにしえ》の魔女にとりつかれて異形の化け物へと変じたリーゼロッテに一度フィーネとバルドゥールで戦闘を挑んで負け、バルドゥールが死ぬ。

そこに、騒ぎに気づいたダンスをおどった相手が駆けつけて、仲間の死により覚醒《かくせい》したフィーネと力をあわせて魔女化したリーゼロッテに立ち向かい、フィーネたちはなんとか生き残る。

けれど魔女には逃げられてしまい、魔女と対峙《たいじ》しながらパートナーとの関係を深めていく個別ルートへと続く、というのがこのイベントの本来の筋書きだ。

ちなみにバルドゥールルートにおいては彼が少々ケガをした段階でフィーネが覚醒する。

そんなイベントを物理でねじ曲げねじ伏せることができる程度の強さ、というのがレベルカンスト状態だ。

つまり、このフィーネはゴリラのように強い。

ちなみにソロクリアエンドでは好感度をあげている暇など一切ないため攻略キャラとは全員ただの知り合いどまりな上、リーゼロッテは魔女といっしょに死に、好感度が低く本来の力を発揮できないバルドゥールも魔女との戦闘中に意味もなく死ぬ。

あらゆる意味でとくに意味のないエンドだ。スチルすらない。

けれどどこかの選択肢かフルコンプの先にはもしやリーゼロッテの救済などがあるのではないかと期待した詩帆乃はこれを達成したことがあった。

碧人はそんな彼女の「ひどくない⁉ ソロクリアエンドって、本当になんっにもなかったの‼」という愚痴を聴いていたために、フィーネのレベルカンスト状態というものに覚えがあった。

「うー、ダメだわけわからーん！」

碧人がフィーネのゴリラっぷりに思いをはせている間にもがちゃがちゃとコントローラーをいじり、あれこれと試し、このふしぎな現象と奇妙なセーブデータを探り続けていた詩帆乃が、ついにそのコントローラーを放り投げた。

「お、諦《あきら》めたか。もうあと二分切ってるからそろそろ放送室入ろうぜー」

そんな碧人の言葉に、詩帆乃は慌てて立ち上がった。

彼女たちがこの場に留《とど》まっていたそもそもの理由、放課後の放送の時間は、もう間もなくだ。

防音仕様の分厚く重い扉を押さえて彼女を待っている彼を、これ以上待たせてはいけないと焦る詩帆乃は、わたわたとそちらに駆けていった。


———


放課後の放送を終えて、帰路。

並んで歩く二人の姿は、対照的だ。

背が高く、鍛えられた肉体をしているスポーツマンのような碧人と、背が低く、華奢《きやしや》で色白な、いかにも文化系の見た目の詩帆乃。

「結局よくわからなかったねー……」

碧人と並んで校門から出た瞬間、詩帆乃は話題を先ほどのふしぎな現象に戻した。

悩む気持ちを表すかのように難しい顔をして、今日はポニーテールにまとめている髪をゆらゆらとふらふらとゆらしながら詩帆乃は歩く。

そんな彼女に、碧人は対照的にどうとも思ってなさそうな表情と気負ったところのない声音で、声をかけた。

「まあ、よくわからないし、ちょっと正直不気味だけど、所詮《しょせん》画面の向こうの話なんだから気楽に楽しんだら？」

「うーん……、まあ、そりゃそうなんだけどさぁ……」

そう言いつつも納得がいかない表情でうなる詩帆乃を見て、碧人はふわりと笑った。彼の視線はどこまでも優しく、彼女への愛《いと》しさがあふれ出ているかのようだ。

考え事をしながらのせいか、非常にのろのろとした詩帆乃の歩みに、彼女よりもかなり背が高く当然歩幅も大きいはずの碧人は、ゆっくりと歩調を合わせている。

そもそも方向としては同じでも、高校から少し離れたところに自宅があるため自転車通学である彼は、自転車を押してまで彼女とのんびり歩きながら帰ることをわざわざ選択しているのだ。

碧人から詩帆乃への好意は、そんなところにもあからさまだった。

「いくら考えても、わかんないんじゃない？　つーかむしろこのまま続けてみたほうが色々とわかりそうじゃないかと、俺は思うけどね」

ふいに碧人にそう言われた詩帆乃は、ちらりと彼を見上げた。

身長差のせいで自然と上目遣いになる詩帆乃を『やっぱり小さくてかわいい』と思っていることなど表情にはださずに、碧人は尋ねる。

「なにがそんなに心配？」

低く柔らかな声で碧人に問われた詩帆乃は、しばらく沈黙し熟考した後、慎重にこたえる。

「んー……、やっぱり、なんとなくふしぎで不気味っていうのと、遠藤くんも巻き込んじゃいそうっていうのが、なんだかな、と」

眉間《みけん》にしわを寄せながらそう返答した詩帆乃に、碧人は朗らかな笑みを返す。

「俺はいいよ。面白そうだし。俺も、リーゼロッテがしあわせになるところ、見てみたいし。むしろ小林さんが嫌なら、やめるけど」

詩帆乃と少しでもいっしょにいたいし、彼女がよろこぶのならばなんでもしたい。

そんないちばんの本音だけは隠した彼の言葉は、それでも彼女に響いたようだ。

「いや、【最高を越えた最高のハッピーエンド】は、私も見たい！　その先どうなるのか不安になるような逆ハーレムハッピーエンドじゃない、リゼたんやあっちのみんなが本当にしあわせになれるハッピーエンドが、見てみたい！」

すっきりとした表情で、彼女はあらためてそう決意を口にした。


『実況と解説でジークヴァルトがリーゼロッテを誤解しないように導いて、【最高を越えた最高のハッピーエンド】を目指そう』

これが、先ほどゲームの中に二人の声が届いたとき、二人が話し合って出した結論だった。

すこしふしぎなこの現象に、不気味さを感じなかったわけではない。

ゲームの中の登場人物から言葉を返され、名を呼ばれ、むしろ二人は大いに動揺した。

それでも、リーゼロッテを思う気持ちが勝った。

リーゼロッテは悪役令嬢で、フィーネはヒロイン。そんな理不尽な運命を変えてやろうと、まさ

にあちらの世界の神になって運命を変えてやろうと、二人で決めた。

その決意は、あらためて考えてみても、変わらなかったようだ。

すっきりとした表情で、きらきらとした瞳《ひとみ》で決意を口にした詩帆乃を見た碧人は、苦笑しながら指摘する。

「小林さん、マジでリーゼロッテ好きな」

彼のその言葉には、なにごとにも全力で、その小さな体で喜びも悲しみもいっぱいに表現していて、だからこそ【好き】もまっすぐで熱烈でとてもわかりやすい詩帆乃を好ましく思う気持ちが、やわらかな慈愛がこもっていた。

「いやいや遠藤くんだって【リーゼロッテの手記】読んだっしょ⁉　泣いたっしょ⁉」

心外そうにつめよってくる詩帆乃を、碧人は苦笑したままあしらおうとする。

「読んだけど。泣いたけど。いやでもちょっとだし。あくまでも、ちょっとだけ」

ちょっと、の定義は人にもよるだろうが、詩帆乃も彼自身も反射的に『いやちょっとではない』と考える程度には彼は滂沱《ぼうだ》の涙を流していた。

けれど、男子高校生《むずかしいとしごろ》である彼にはそれを素直に認めることができないようだ。

「でも遠藤くんもリゼたんを応援するでしょ⁉　ジー×リゼ推しでしょ⁉　私、リーゼロッテには、やっぱりジークとしあわせになって欲しいんだよぉ……」

ちょっと云々《うんぬん》に関してはスルーすることに決めたらしい詩帆乃は、今にも泣き出しそうな表情でそう言った。

「まあ、たしかにそれがいいんじゃないかな、とは、俺も思うけど」

「だよね！　リーゼロッテが愛されれば、それが無理でもせめて誤解されることが減れば、きっとラスボスにはならない。しかもなんでだかフィーネちゃんのレベルもカンストしてる。すくなくとももう誰《だれ》も死なないルートは見えてるよ……！」

冷静な碧人に対し、詩帆乃はめらめらとやる気に満ち溢《あふ》れた表情でそう言った。

「ちっと難易度高そうだけどなー。俺らの声が聴こえるのがジークだけってのは、よかったんだか悪かったんだか……」

碧人が物憂げな表情で指摘すると、詩帆乃は途端にしゅんとして、ぽつり、とつぶやく。

「リゼたんが古《いにしえ》の魔女にのっとられないためには、ジークがリゼたんのこと、愛してくれればいい。けど、それをジークに知られたら、バッドエンド一直線だもんね……」

二人がジークヴァルトに【事件】について問われたとき、返答をごまかした理由が、これだった。

「世界のためにリーゼロッテに恋をしろって意味に取られかねないし、そこまでいかずとも、ジークが変にリーゼロッテに気を遣うようになっちゃったら、ダメだしイヤだもんなぁ……」

二人のため息が、重なった。

コントローラーは機能を失い、キャラクターたちは勝手に動く。届くのは声だけ。

それも二人の声を唯一人聞き取るジークヴァルトには、すべての事情は明かせない。

それだけの制限のある状態で、【最高を越えた最高のハッピーエンド】を実現する。

その難易度は、ため息が出るくらい、高い。

けれど詩帆乃は憂いを断ち切るようにぶんぶんと頭を振ると、力強く前を見据え、拳《こぶし》を突き上げ、奮起する。

「いやでもリゼたんはあんなにかわいくってあんなにジークのことが大好きなんだから、大丈夫！ きちんと私たちで実況解説をすれば、あの子の魅力は伝わるよ！ 伝えよう！ ね!?」

詩帆乃に熱く同意を求められた碧人はゆるく拳を掲げ、どこかやる気なさそうにこたえた。

「おう。がんばろー。……っつってももう、明後日《あさって》から夏休み入るけどね？ 俺ら二人でゲームする機会自体が、そうはないだろうけどね？」

「……あさって」

碧人のどこまでも冷静な指摘に、詩帆乃は呆然《ぼうぜん》とそれだけを口にした。

明日は終業式で、この先夏休みのうちは今日のように部室で暇を潰すようなことはなくなる。

その事実を忘却していたらしい彼女は、ショックを受けた表情のまましばし硬直していた。

「……えー!? やだリゼたんがしあわせになるとこ、はやく見たい！ 一ヶ月も待てない！」

フリーズから動き出した詩帆乃は、ふるふると頭を振りながらそう叫んだ。

詩帆乃のそのいつでも全力過ぎるところがかわいいと思う碧人は、そんな彼女をくつくつと笑いながらただ眺めている。

ふいにぴたりと頭の動きを止めた彼女は、パッと嬉《うれ》しげな笑顔になって彼を見上げた。

「そうだ遠藤くん、夏休み暇なときにうちに来てよ！」

今度は碧人がフリーズする番だった。

さわやかな笑顔で放たれた詩帆乃の言葉に、彼は硬直している。まばたきすら止まったようだ。

「もしや遠藤くんがいないと声が届かないとかかもだし、実況いないと私も一人で解説垂れ流すとかやりづらいし、遠藤くんが付き合ってくれるってことなら、うちで夏休み中に二人で進められるところまで進めてみよ⁉　ね⁉」

詩帆乃にきらきらとした笑顔で嬉しげに言葉を重ねられても、碧人は硬直したままだ。

「……い、いや。え。小林さんの、家……？」

ぎぎぎぎぎ……

そんな音がきこえそうなほどにぎこちなく、碧人はそう尋ねた。

片思いをしている女の子のご自宅にお呼ばれというものはそれほどに、片思いをこじらせている男子高校生には高いハードルで、そんなものにこれほどあっさりと誘われたことは、彼の内心に複雑な思いを去来させているようだ。

「うん、私の家！　夏休みまで私の顔なんか見たくもないかもだけど！　そこをなんとか！」

片思いされていることなど露知らずの女子高生は、両手を顔の前で合わせ、おねだりをするようなポーズでそう頼み込んだ。

「いや小林さんに会うのは嫌じゃないけど！　むしろ俺は毎日でも会いたいけど！」

碧人は慌てた様子でぶんぶんと手を振りながら、そう言った。

「じゃあ、決まりね！　大丈夫だよー。うち両親共働きだし大学生のおねーちゃんは遊び歩いてるし、お盆以外だいたい家には私ひとりの予定だから！」

勢いで混ぜられた『毎日でも会いたい』という告白まがいの碧人の言葉に気がついていないのか、気にしていないのか。詩帆乃は心から嬉しそうな笑顔でそう言った。

「いやそれ駄目じゃない⁉　大丈夫な要素一個もないけど⁉」

碧人は彼女の自宅に二人きりという状況に焦りを覚え、強い口調でそう反論した。

けれど詩帆乃は、その状況がいかに大丈夫じゃないのかぴんとこないようで、きょとんとした表情で、ゆっくりと首をかしげた。

「じゃあ、遠藤くんの家でも、いいけど……？」

「そ、それは、もっとだめだ。そもそもうち、あのハードないし」

碧人は苦しげな声音で、苦悩を顔に浮かべながら、そう搾り出すように言った。

ハードが自宅に存在していないというのも問題だが、碧人は諸事情により一人暮らしをしている。それも壁の薄い安アパートなどではなく、ワンルームとはいえ鉄筋鉄骨造の分譲マンションで。

そこに行ってもいいなどという発言がいかに危険なものか、彼女は理解していないのだろうか。

碧人は恨みがましい視線を詩帆乃に向けるが、きょとんと、まっすぐな、純真な瞳で見上げられ、ため息をついた。

「よくわかんないけど、やっぱりうち来なよ。部室のは先輩たちが買ったやつだから持ち出せないし、うちのもおねぇが買ったやつだから遠藤くんちに持ってくわけにいかないし」

そういう問題じゃない言葉を告げる彼女にとうとう頭痛でも覚えたのか、自身のこめかみをぐりぐりとマッサージしながら、碧人は疲れたような声音で詩帆乃にひとつの事実を告げる。

「……俺、いちおう、男なんだけど」

男はおおかみだなんて古い歌謡曲の言葉をあらためて持ち出すまでもなく、二人は年頃の男女だ。かわいらしい女子高生であるところの詩帆乃はもう少し警戒をすべきだし、一切警戒されていないらしい碧人はそのあまりの意識されてなさに、泣いてもいい。

だがそんな碧人の悲しさは、詩帆乃にはあまり伝わらなかったらしい。

「うん、知ってる。背も腕も手すらも全然違うよねー」

そう無邪気に言った詩帆乃は、すっと彼との距離をつめ、半そでから伸びる互いの腕を横に並べて見比べている。

肌の質感、色、腕の太さ。

その差異を理解してはいても、その結果もたらされる腕力の違いやさらにその先、彼が彼女を押さえこもうとすれば簡単に押さえこめてしまうという事実を、詩帆乃は理解していないのか、理解した上で『遠藤くんはそんなことしない』と無邪気に信じているのか。

碧人にはわからなかったが、いま彼女のその腕のまぶしさだけでめまいを覚えているような純情な彼が、彼女に嫌われるような行動など、実際にできるわけがなかった。

「あ。乙女ゲームなんかやりたくないとかって話?」

どこまで見透かされているのかあるいはまったく歯牙《しが》にもかけられていないのかと少し悔しい気持ちになっている碧人に、詩帆乃は的はずれなことを尋ねてきた。

「いや、それは特に抵抗ないし、今さらだけど」

なにせ彼は既に一度乙女ゲームのファンディスクに泣かされている。

そもそもそこに抵抗感があるようであれば、最初の段階で拒否している。今彼の中で問題になっているのは、そこではない。

「……まあ、小林さんがいいんならいいよ」

けれど「自分に惚《ほ》れてる男を自宅に呼ぶとかなに考えてんの？」という言葉を口にできるほど太い神経をしていない、彼女に自分の恋心を知られても平気だというほどの勇気を持ち合わせていない彼が結局口にしたのは、そんな言葉だった。

「ありがとう！　じゃあ、明日、夏休みの予定決めようね！」

しかしやっぱりただ無邪気に、実に嬉しげに、詩帆乃はそう言った。そして碧人の手を握り、ぶんぶんと嬉しそうに上下させる。

ここまで喜んでくれて、好きな女の子と夏休みまでいっしょにいられて、しかも彼女の役にたてるなら、彼としてもそれはこの上なく嬉しいことだ。

「どういたしまして。……けど、小林さんはかわいい女の子なんだから、俺以外の男まで同じように家に招くなよ？」

それでもやっぱり少しだけ悔しかった彼がそう言うと、ぱっと握手をやめた彼女は少しだけ心外そうな、むっとしたような表情になった。

「遠藤くん以外の男の子なんか家にあげるわけないじゃん。あぶないし、気持ち悪い」

嫌悪感をあらわにして、彼女はそう言った。

碧人はその嫌悪の対象に自分が含まれていないことが誇らしいような、嬉しいような、けれどやっぱりちょっとナメられている気がして悔しいような思いで、言葉をさがす。

「じゃ、またね！　明日、忘れないでね！」

けれどいつの間にか、二人は小林詩帆乃の自宅の前にもう到着していたらしい。

晴れやかな、どこまでも純粋な笑顔でそう言いながらひらひらと手を頭上で振る彼女に毒気を抜かれた様子の碧人は、ため息とともに「ま、夏休み中に、ちったぁ意識してもらえるように、がんばればいいか……」と、誰《だれ》にきかせるでもない決意を口にした。

第2章　神々の実況と解説と寵愛《ちょうあい》と

神々による実況と解説がつきはじめてから、私のリーゼロッテが、なんだか可愛《かわい》すぎる。

「いくら婚約者といえど、人目のあるところで気安く私に触れないでいただけますか？」

あの中庭での騒動の翌日、昼食の時間に、食堂で。

近くを通りかかったリーゼロッテに冷たい声音でこう宣言されたが、すかさず聴こえてきた神々の言葉のおかげで、私はむしろ笑いをこらえるのに苦労した。

「そう言いつつもリーゼロッテの表情はまんざらでもなさそうだ！　なのになぜ素直にかわいく嬉《うれ》しがることができない……！」

「リゼたんはツンデレですからね。恥ずかしさが閾値《いきち》を越えるときつい言動をしてしまうのでしょう。ただここでおさえたいポイントとしては、人目がないところであれば触れてもかまわないと言ってるも同然ということです」

確かにリーゼロッテの表情には嫌悪感というよりは照れが強く出ているようだ。

「それは、二人きりのときであればかまわないという意味？」

忍び笑いを微笑《ほほえ》みにかえてそう尋ねれば、彼女は真っ赤《まっか》になって黙りこんでしまった。

「あーっとこれはクリティカル！　リーゼロッテ、ときめきすぎてなにも言えないー！」

「さすがはジーク。この空気に毎度フィーネちゃんを巻き込むのかと思うと申し訳ないほどに甘い雰囲気になりましたね」

コバヤシ様のお言葉に首をひねれば、なるほど確かにフィーネがすぐ近くに座っていたが、毎度彼女を巻き込むとはどういうことだろう。

でも考えてみれば、最初に神々のお声が聴こえはじめたのもフィーネといるときで、今神々のお声が聴こえてきたのも既にフィーネが着席していたこの食堂に入った瞬間からだ。

そして朝リーゼロッテに挨拶《あいさつ》をされた際にはお二方のお声は聴こえてこなかった。

もしやフィーネは、まれに人の中にあらわれる、神の寵愛を得た特別な存在なのだろうか。

神に愛されその寵愛を得ると、潜在能力が開花したり、なにか特別な能力を獲得する。

私の一族のこの耳も、はじまりの女神リレナ様の寵愛によるものとされている。

もしやフィーネのあの強さも、エンドー様かコバヤシ様の寵愛によるものなのかもしれない。

それゆえ、エンドー様とコバヤシ様はその寵愛を与えた相手であるフィーネの側《そば》に常にいらっしゃる、とか。

そんな推測をする私の耳に、コバヤシ様の独り言のような言葉が聴こえてくる。

「うーんどうにかリーゼロッテにとりつきたい……。というか、私が本当に神なら【寵愛】とやらはリゼたんに与えたいんだけど……。……お!?」

その刹那《せつな》、天よりリーゼロッテにむかって光の柱が差し込んだ。

「きゃっ……!?」

きらきらきらと、やわらかくてあたたかい印象の光がリーゼロッテを包みこみ、彼女は短い悲鳴をあげた。

そのはちみつ色の髪に、白い肌に、光が吸い込まれ、きらめき、やがて終息する。

「え……、なに……、え……？」

リーゼロッテは戸惑った様子でそう呟《つぶや》きながら、光の吸い込まれた自分の全身を見回している。

「今のなんだ？」「光った」「リーゼロッテ様が光ってた」「魔法？」

まずい。現在ここは、既に大半の学園生が集まってきている食堂だ。

侯爵令嬢にして、王太子の婚約者にして、この美貌《びぼう》。ただでさえ目立つリーゼロッテにおきたこの奇跡のような出来事に、ざわざわと生徒たちにどよめきと動揺が広がっている。

私は立ち上がり、腹から声を張り上げることにした。

「たった今、女神コバヤシ様より、リーゼロッテに【寵愛】が与えられた！」

……たぶん。

私自身まだよくわかっていないが、みなの動揺を静めるために、強くそう断言した。

いやきっとあっている。あっているはず。あっているんじゃないかなぁ……。

「わーいカメラがリゼたんの近くに動いた！　これ、私の【寵愛】をリゼたんに与えられたってこと？　たぶんそうだよねさっきリゼたんきらきらしてたし！」

不安になった私の耳に女神コバヤシ様の嬉《うれ》しげなお言葉が聴こえてきた。

よし、たぶんあっていた。

カメラというのはよくわからないが、女神ご自身がそう推測しておられるのだからもうそういうことでいい。

「俺らは今までフィーネを通してそっちの世界を覗《のぞ》き見《み》してたんだが、今俺たちの視界の中心はリーゼロッテにうつった。力？　を与えられたのかどうかはわからないが、とにかく俺たちは今後リーゼロッテを見守っていくことになったんだと思う。よろしく頼むな」

そういうことか。

冷静なエンドー様のお言葉にこっそりとうなずいた私の視線の先で、リーゼロッテが与えられた力を確かめるかのようにぎゅっと手を握り締めてはそっと開くのを繰り返している。

「わ、私《わたくし》に、女神様の寵愛が……」

リーゼロッテは感激した様子で震えながらそう呟いた。

その紫水晶のような瞳《ひとみ》は潤み、その嬉しげな表情になんだか私までもが嬉しくなる。

わが国にも、他国にも、神に愛されなにがしかの力を与えられたという人間のことがいくつか記録に残っている。

けれどそれは記録に残されるくらいに珍しいことであるということだ。

彼女に神の寵愛が与えられたということは、今後リーゼロッテの能力の成長に期待が持てるというだけではなく、政治的宗教的に強い影響力を彼女が持ったということでもある。

「さすがはリーゼロッテ様ですわ……！　わが国の未来の国母に神の寵愛が与えられたとは、なんとめでたいことでしょう！」

瞳を潤ませながらそう言ったリーゼロッテの友人の少女が、ぱちぱちと高らかに拍手をする。

するとそれは食堂中にぱらぱらと広がっていき、やがてどっと大きなうなりとなった。

割れんばかりの拍手に包まれたリーゼロッテは顔を真っ赤にしながらそれでもどうにか背筋を伸ばして、実に優雅に微笑《ほほえ》んで一礼した。さすがだ。

「【未来の国母】という単語にすかさず赤面するリーゼロッテ！　これはもうさっさと妻にしてしまえ王太子！」

え。そういうことか？

嬉しげな様子の彼女を微笑ましく見つめていた私の耳に聞こえてきたエンドー様のそんなお言葉に、にやけそうになった口元をあわてて手の甲で押さえた。

「リゼたんの行動原理はいつでもジークへの恋心がその中心にありますからね」

ああ、やっぱり私の婚約者はかわいいいが過ぎる。

コバヤシ様のお言葉にそんな気持ちになった私はリーゼロッテになにか祝いの言葉をかけようとしたが、コバヤシ様とエンドー様がなにやらご相談する声がきこえてきて、動きを止めた。

「そういえば、私がリーゼロッテに寵愛を与えられたってことは、遠藤くんもできるんじゃない？」

「そっか。え、できっかな？　まあ失敗してもジークにしか聴こえてないしやるだけやってみるか。じゃあー……、俺はあれだ！　バルドゥール！　あいつに寵愛を与えたい！」

エンドー様がそう告げた途端、私からはすこし離れたところにいたバルドゥール・リーフェンシユタールへとまっすぐ光の柱がとんだ。

先ほどのコバヤシ様のものよりも力強く、いかずちのように鋭いそれは、ぴしゃりと彼へ吸い込まれていく。

「……は!?　……な、なぜ、俺にまで……？」

戸惑いうろたえている彼は、リーゼロッテのいとこにあたる。

リーフェンシュタール侯爵家の傍系にあたるリーフェンシュタール子爵家の子息で、現在はこの学園の二学年に在籍しながら既にうちの騎士団の見習いとしても活躍している男だ。

リーゼロッテよりもすこし暗い金の短髪に深い藍色《あいいろ》の瞳の彼は、普段は物静かな男だが、さすがにこの事態には動揺を隠せないようだ。

「え、まじでなんでバルドゥール？　遠藤くん、バル好きなの？」

「好き……っつうかほれ、あいつ死にやすさナンバー2だから。もしも神の寵愛とやらで強化とかできるならしといた方がいいんかなって」

「あーね」

コバヤシ様とエンドー様のやりとりは、高度過ぎて私には意味がうまくとらえられなかった。

「あー、ジーク、バルはこれから、その学園で強大な敵と戦うことになるフィーネちゃんを庇《かば》って死ぬ運命にあったの。そこで遠藤くんは、それを回避できるように彼に力を与えた。バルに、学園の中だけでいいから、できる限りフィーネちゃんの側にいて彼女を守るように言ってもらえる？」

ひそかに首をかしげていた私に、コバヤシ様よりそんなお言葉が与えられた。

「バルドゥール、エンドー様という神が、君に寵愛を授けた」

神の指示を受けた私は即座にバルドゥールに歩み寄り、できるだけ厳かにそう告げたが、彼は変わらず困惑をその顔に浮かべている。

「なぜ、俺に……？　リーゼのついで、ということはないでしょうが……。リーフェンシュタールになにかあるのですか？」

婚約者である私も彼女のことを愛称でなど呼べないというのに、兄妹《きょうだい》のように育った二人は互いを愛称で呼びあう。

そのことに若干の苛立《いらだ》ちを覚えた自分に驚きながら、そんなことは表情にださずにただ首を振り、私は再び口を開いた。

「バルドゥール、実はフィーネ嬢がこれから、この学園のどこかで、彼女ですらも苦戦を強いられるほどに強大な敵と戦い、危機を迎える。彼女と自分自身の身を守れ。神はそのために君に力を与えたとおっしゃっている。君はこれから、学園内においては可能な限り、彼女の側にいるように」

私はいまひとつわかってはいないながらも大筋としてはあってるはずだと思いながら言葉を選んで彼にそう告げると、彼は驚愕《きょうがく》に目を見開き、叫ぶ。

「あ、あのフィーネ嬢が、苦戦、ですか……⁉」

あまりにその事実が信じがたいのか、バルドゥールの声は震えていた。

周囲の生徒たちも不安げな表情でどよめいている。

私がひとつこくりとうなずくと、バルドゥールの顔色が変わった。

「それほどの敵が、近い未来にこの学園に現れると。そこで、殿下の守りとしてのリーゼと、フィーネ嬢の守りとしての俺とに、神々の寵愛と力が与えられたということですね……？」

そう重々しく彼が尋ねてきた言葉に、私は内心で『ちょっと違う気がするけどまあそれでいいや』と思いながら、そんなことは表情には出さずに同じく重々しくうなずいた。

「いや守りというより、できればくっついてほしいなーと個人的に思っているだけなのですが……。まあそういうことでいいでしょう」

まあそういうことでいいらしかった。

コバヤシ様のお言葉に、私はひっそりと安堵《あんど》する。

「俺らの声が聴こえるのが周囲の評価も高い王太子のジークだけなせいか、どんどん俺らのことが壮大に大げさに誤解されてる感じがあるなこれ……」

もうしわけありませんエンドー様。

彼《か》の方のお言葉に私はこっそりとわずかに頭をさげた。

けれど私にとってお二方は間違いなく偉大な神々ですので、誤解ではないかと。

「しかし、やはりフィーネはゴリラなのか……」

ふいに非常に残念そうに告げられたエンドー様のお言葉に笑うことを堪《こら》えられた自分の外面《そとづら》の頑強さに、自分で感心する。

なるほど、たしかに私は外面を取り繕いすぎているところがあるのかもしれない。

『フィーネはゴリラ』

女生徒に、それも一見小柄で可愛《かわい》らしい印象を与える彼女にその言葉はふさわしくないように思えるが、確かにフィーネはゴリラのように強い。

入学試験以来ずっと、フィーネは同じ一年生の中では家系と本人の努力で抜きん出た能力を持つリーゼロッテよりも、三年生の中でトップ争いをしている私よりも、本職の騎士たちの中にいても遜色《そんしょく》のないレベルに達しているバルドゥールよりも、はるかに魔法を用いた戦闘実技の成績がいい。

というか、この学園の中で彼女に勝てたものはいない。

正直王家直属の正式な騎士団員でも何人が彼女に対抗できるのだろうかと不安になるくらい、戦闘能力だけが異常なまでに突出している。

それだけで彼女は座学の授業の絶望的な成績をカバーしているくらいだ。

「ジークヴァルト殿下」

私がフィーネの強さのことを考えてぼーっとしていたところ、いつの間にやら少し離れた位置にいたはずのリーゼロッテとバルドゥールがそろって私の前に膝《ひざ》をつき、頭《こうべ》を垂れていた。

リーゼロッテに呼びかけられそのことに気がついた私は、慌てて、けれど慌てていることをみなに悟られないように背筋を伸ばす。

「我らリーフェンシュタール、王家のため、この国のため、殿下のため。神々より与えられしこの力を正しくふるうことを、ここに誓います」

リーゼロッテとバルドゥールが声を揃《そろ》えて、そう宣誓した。

「ありがとう。けれど、あまり無理はしないように」

私がそう言うと、ふたりはますます深く頭を垂れた。

リーフェンシュタール家は元々軍人の家系だからか、二人は非常に生真面目《きまじめ》だ。

そんなことを思いながら、私は二人の姿を眺める。

武人を長く輩出している家だからか、リーフェンシュタールの人間はみな体格がいい。

バルドゥールも190センチ近い身長の体格のいい男だし、リーゼロッテも女性としては背が高い。

けれどそんなすらりと伸びた手足にぴっと伸びた背筋が美しい彼女は、実は自分の身長が高いことを気にしているそうだ。

具体的にどのくらいなのかは隠匿されているが、高いヒールの靴をはいた状態でも、181センチの私よりはすこし目線が下なのだから、それほどではないと思うし、彼女の体型は実に美しいと私は思うのだが。

「でもさすがに、バルドゥールはともかく、リーゼロッテに守られるというのは、情けない、かな……」

そんな私の囁《ささや》き声は、神の寵愛《ちようあい》を受けた二人と、その二人にあらためて忠誠を誓われた王族である私に向けた大歓声に飲み込まれて、誰《だれ》にも届かなかったようだ。

とりあえず、私ももう少し鍛えよう。

「よぉ、ジーク。お前最近一年の庶民の女の子に手ぇ出して、リーフェンシュタールのお姫様怒らせてんだって？」

新学期の開始から一ヶ月が経《た》とうかという頃《ころ》。

久しぶりに顔を見せた学友は、私に会うなり、開口一番そう言った。

「久しぶりに学園に顔を出したかと思えば、情報が古いな、アル。リーゼロッテと私の間にはたしかに少し誤解があったが、もう解けた。私たちの仲はいたって良好で順調だ」

私が笑顔でそう答えれば、少し驚いたような表情をしてから、彼は口の端だけをあげて、愉快げにわらう。

彼は私の学友、アルこと、アルトゥル・リヒター。

これでも一応は伯爵家の子息で、同い年の私とは幼い頃からの友人関係にある。

「……しかし、アルは相変わらず派手だな」

私が思わずそう言うと、彼は軽く肩をすくめて自身の髪をちらりと見やる。

そう、まず彼は、その髪が派手だ。とんでもなく派手だ。

彼はピンクゴールドの髪を男性としては珍しく腰まで伸ばしてふわりとひとつにまとめている。

あげくその毛先を深紅に染めているので、ただそこにいるだけで視界がうるさい。

瞳の色は珍しくもないヘーゼルだが、ばさばさと音がしそうなほど長いまつげが印象的なむやみやたらに華やかな顔立ちをしている男なので、もう目を合わせて会話をしているだけで目が疲れる。

「お前も、相変わらずうさんくさいくらいにキラッキラだけどな！」

しばし私の視線を受けたアルは、私の姿を見返して、快活に笑いながらそう言った。

キラキラかどうかはよくわからないが、私は髪が白に近い金で目が金色なので、全体的に白っぽいというか、たしかに明るい色味ではある。

「ま、お互いかわりはないようでなによりってことだな」

アルの言葉に、私は感慨をこめてうなずいた。

無事に、なにごともなく、彼がこの学園に帰ってきてくれてよかった。

一応は王太子である私とこれほど気楽に会話をしてくれるこいつの存在は、正直ありがたい。

リヒター伯爵家は王家から与えられた地位は伯爵位ではあるものの、その先祖に神の寵愛を受けた者が多く、神殿での地位が高い。

現在のこの国の神殿のトップが彼の父の姉、彼のおばであるくらいに。

アルも回復や補助の魔法に高い適性があり、学園生ながら既に神官として活躍している。

ここしばらく彼が学園を不在にしていたのも、西方で起きた水害の復興作業に神官としてあたっていたからだ。

そして神殿は国や政治とは距離をとっていて、彼自身も、将来的に伯爵ではなく神官として彼のおばの地位を継ぐことがほぼ確定している。

彼と彼の家は、この学園にいる大半のものたちと違い、王家に従う存在でもなければ私におもねる必要性もないということだ。

アルトゥル・リヒターのその特殊性から、私と彼の立場は対等でいられる。

「で、実際どうなのよ、フィーネちゃん。ちょーかわいいんだろ？　お手つき？　お手つきにしちゃったわけ？」

私と肩を組み、こそこそとそんな下品なことを尋ねてきたアルを、私は思いきり睨《にら》み付けた。

「お手つきだなんて、私がするわけないだろう。お前じゃあるまいし」

私が低い声でそう言いながら視線で威嚇すると、アルは驚愕《きょうがく》をその顔にうかべ、ふるりとその背を震わせた。

アルはこのまま神官として神に仕える可能性が高いこともあり、婚約者もいなければ家からもある程度自由に振る舞っていいと言われている。

神官は結婚してはいけないわけではないが、相手も神官でなければならなかったりと制限の多い立場であるからだ。将来的に神の寵愛を受ければその神が結婚を禁止する可能性もある。

もっとも、こいつはそれをいいことにあちらの未亡人こちらの店の看板娘とちょこちょこと浮き名を流しているのだが。

私はそんなアルと違って責任の重い立場だし、リーゼロッテに対して不誠実なことはしたくない。

「え、こっわ。お前そんな真剣に怒るタイプだっけ……？」

アルはやがて、信じられないものを見たというような表情でそう尋ねてきた。

そうあらためて問われれば、……違ったかもしれない？

いやでも万が一にでもリーゼロッテに誤解をされてはかなわないし、これで正解だろう。

まあ、嫉妬《しっと》するリーゼロッテもかわいいが、本気で悲しませるのは本意ではない。

「ま、まあお手つき云々《うんぬん》ってのは冗談だから！　フィーネちゃん、俺と系統いっしょなんだろ？　おばちゃんをはじめとする神殿幹部のみんなから、あの子の様子をさぐって、あわよくば神殿に勧誘してこいって言われてるんだ。紹介してくれるか？」

なるほど、そういうことか。アルの言葉で、合点がいった。

たしかにフィーネも、適性としては、回復や補助の強い力を持っている。

ただ、フィーネがアルトゥル・リヒターと系統がいっしょであるか？　という問いには、私はなんとこたえたらいいものかわからない。

「……まあ、いっしょといえば、いっしょ、か、な？」

曖昧《あいまい》に首をかしげてそんな風に言った私を、訝《いぶか》しげにアルが見る。

「うん、まあ、なんと言うか……、フィーネ嬢は、君よりだいぶ、攻撃的だよ」

私が慎重に言葉を選んでそう口にすると、彼はますます訝しげに首をひねった。

「え、なんだそれどういうことだ？　俺といっしょで攻撃魔法の適性はからっきしなんだろ？」

そう。アルも、フィーネも、炎や水などを操作する攻撃魔法は不得手だ。

そういう意味では、同じような適性である。

ただまあ、使い方の問題というか……。

「まあ、実際に見てもらえればわかるよ。君に、フィーネ嬢を紹介しよう。ついてきてくれ」

私は説明を放棄した。笑顔でそう宣言し、話を打ち切る。

あんなもの、実際に見てもらわなければ納得してもらえる気がしない。

私は混乱したままのアルを引き連れて、フィーネのもとへと向かうことにした。

「実際に試合形式にして見てもらったほうがいいかな。君と私か、君とバルドゥール、対、フィーネ嬢一人で戦ってみようか」

私がそう提案すると、私を追いかけてきたアルはその派手な髪をふわりと揺らしながら、私の顔をまじまじと覗《のぞ》き込んできた。

「え、待て待て待て。二対、一？　それも俺、お前と組んだら誰にだって負ける気しねーぞ？　バルドゥール・リーフェンシュタールとうまく連携組めっかは正直自信ねーけど、それでもあいつに俺の援護をつけるなんて、普通に能力面で考えたらやりすぎだ」

アルの言葉に、私はなんとこたえたものかわからず、首をひねる。

たしかに、普通に考えれば、やりすぎなんだけれども。

バルドゥールは剣に魔法をまとわせて戦うことを得意としている男で、その攻撃力はかなりのものだが、反面その他の部分、こまやかな回復や防御、他人の援護などは不得手としている。

まさにその【その他の部分】に特化したアルとは相性がいいだろう。

私はなんでもバランスよくほどほどにできるタイプだが、アルとは阿吽《あうん》の呼吸《こきゅう》で連携できる。

普通に考えれば、まだ一年生の、それも女生徒に対して、間違いなくやりすぎだ。

「でも君一人じゃ、瞬殺されてしまうからね」

私がことさらに軽くそう言えば、隣を歩くアルは困惑しきった様子を見せた。

フィーネ嬢のおそろしさは、傍目《はため》ではなく正面から見てほしい。そして、アルを瞬殺させないためには、致し方ない。だから、その二対一は、決してやりすぎというわけではない。ということを、言葉で言っても理解してもらえる気がしないというか、私だったら信じない。

「……フィーネちゃんは、回復魔法を使う、んだよな？」

困惑した表情でなにごとか考え込んでいたアルは、おそるおそるといった感じに、そうあらためて私に問うてきた。

彼女が使う【魔法】は、主に回復と補助の魔法だけだ。

それは間違いないので、私はただ頷《うなず》く。

「まあ、見ればわかるよ」

私はそれ以上の説明を放棄した。


―――


フィーネ嬢の戦いかたは、独特だ。

まず他のものは攻撃役の仲間に使うことの多い身体を強化する魔法を、自身にかける。

そのおそろしいまでに強大な魔力をもってすべての身体能力を底上げして、そして、殴る。殴る、殴る、たまに蹴《け》る、殴る。お、今のはいい角度で入ったな。

「いわゆる殴り回復職《ヒーラー》かっ！」

「いやー、めちゃくちゃ攻撃的ですね。可憐《かれん》で守ってあげたいような正ヒロインのフィーネちゃんは、どこにいってしまったのでしょう」

結局バルドゥールと組んだアルと、フィーネの練習試合を傍から眺めていたら、ふいにそんなエンドー様とコバヤシ様の声が響いた。

そう、彼女はめちゃくちゃ攻撃的なのだ。

あれは、回復役では、ないと思う。少なくともアルとはちがう。

今も拳《こぶし》に炎をまとわせたフィーネがバルドゥールを矢継ぎ早に殴り、追い詰めているくらいだ。

炎はそれほどのレベルではないが拳が異常に重いのでなかなかのダメージが与えられているように見える。

アルはだいぶ前にぶちのめされた。

バルドゥールの隙をついたフィーネがバルドゥールに庇《かば》われていたはずのアルの懐に潜り込み、アッパーで一閃《いっせん》だった。

彼女はとても素早《すばや》く体格も小柄なので、それを活《い》かすような勝ちかたをよくしている。

「く……っ、降参するっ‼」

アルがかけていた補助魔法の効力が弱まってきたらしいバルドゥールが、そう宣言した。

「強い！　強いぞフィーネ！」

「いやー、いくらなんでも強すぎますね。やはり、【ゲーム】とは違う、気がします」

私は神々のそんなお言葉を聴きながら、試合を終えたバルドゥールとフィーネが互いの健闘をたたえるように握手を交わしているのを、ぼんやりと眺めた。

あ。そろそろアルに回復魔法をかけてやろう。

「おい、大丈夫か？」

「あ、あー……、た、ぶん」

私の魔法で意識を取り戻したアルはどこか呆然《ぼうぜん》としながらそう言った。

「……なあ、確認なんだけどさ、さっきまでとんでもない動きしてたの、あそこにいる一年のお嬢ちゃん、フィーネちゃんなんだよな？」

アルは自分でも彼自身に回復魔法をかけながら、私にそう確認してきた。

「そうだ、間違いない。ちなみにお前をのした一撃は、お前には見えてなかったかもしれないが実に鮮烈なアッパーだったぞ」

回復魔法は彼自身に任せておけばいいかと判断した私が手を止めてそう言うと、アルは興奮した様子で、どこか嬉《うれ》しげに口を開く。

「ああ、あれ拳？　マジで？　なんかすげえ重くて痛いのアゴに入って、この俺の回復が間に合わないほどに素早く俺の意識を刈り取っていったアレが、あんなちっちゃくてかわいい女の子の、拳？　……はー、すっ、げぇー……、そんなの、できるんだ……」

「殴り回復職《ヒーラー》というスタイルはゲームではよく見ますし、そういうことを考える人はそちらの世界でも他にいそうですが、フィーネちゃんはステータスを見ると身体能力も異常なまでに高いです。強さにはそれだけの下地があるというか、これまで彼女がどうやって自己研鑽《けんさん》してきたのかが気になりますね」

感心したようなアルの言葉に、コバヤシ様のそんな解説が続いた。

ちなみにフィーネもアルと同じように自分自身に回復魔法をかけることも得意としていて、彼女は利き腕を切り落とされてもその場でくっつけて悪漢へと立ち向かっていったという記録が残っている。彼女がこの学園に入る前の話だ。

本当に、どのような自己研鑽を積んできたらあんな風になるのだろうか。

「やっべぇ、神殿とか関係なしに俄然《がぜん》あの子に興味でてきた！　ちょっと行ってくる！」

さすがのアルはもうダメージから回復しきったようで、元気よくそう言いながら立ち上がり、フィーネとバルドゥールの元へと駆け寄っていった。

三人が実に楽しげにお互いの健闘を讃《たた》えている様子を見ながら、ふと、疑問に思った。

お二方の声が届きはじめたということは近くにリーゼロッテがいるはずだが、姿が見えない。

なぜだろうか。

なんでもお二方の言う【ゲーム】においては当初フィーネが主人公にあたり、またあの寵愛《ちょうあい》を与えた日まではフィーネの側《そば》のものしか見ることができなかったということだ。

それがコバヤシ様がリーゼロッテに寵愛を与えてからはリーゼロッテにつくかたちになったと以前おっしゃっていたはずなのに、試合が終わってこの場も落ち着いた今になっても、なぜリーゼロッテは姿を現さないのだろう。

疑問に思った私がきょろきょろと彼女の姿を探していると、それにこたえるようにエンドー様とコバヤシ様のお声が響いた。

「リーゼロッテなら北側のトピアリーのかげに隠れて中庭の様子をこっそりと眺めているぞ」

「中庭というか、正確にはジークのことだけを見てますね。それとここに来る前に渡り廊下からこちらを眺めながらぶつぶつと漏らしていた言葉から推測すると、ジークが自分のいないところでフィーネちゃんと仲良くしていないかをこっそり確かめたいようです」

なんだそれ。かわいすぎるだろう。

この場には私とフィーネだけではなく、アルもバルドゥールもいるのに。

どちらかというと今現在二人がフィーネを取り合っているような状態なのに！

コバヤシ様のお言葉によって知らされたリーゼロッテがその姿を現さない理由に内心身悶《みもだ》えしながら、ではリーゼロッテに気がつかないふりをして三人に声をかけてみればリーゼロッテが現れるのかと思い、私が三人の方にむかって、一歩。

まさに、踏み出した瞬間に。

「まあ、きゃあきゃあと騒がしいこと。私のいた自習室までこちらの騒ぎが聞こえてきましたわ」

ばさりとその豪奢《ごうしゃ》な金髪を手の甲で払いながら、リーゼロッテが現れそう言った。

「様子を見るのではなかったのかリーゼロッテ！　我慢できなくなるのがあまりにもはやいぞリーゼロッテ！」

エンドー様のおっしゃるとおりだ。

「ついでに言うとリゼたんは偶然騒ぎに気がついた、みたいな言い方をしましたが、嘘《うそ》です。彼女は放課後まっすぐにジークに会いに行って、アルがいっしょにいるのに気がついて声をかけるタイミングをはかることにしてうしろからこっそり追いかけて、そのままタイミングをのがし続け、試合がはじまってからはちょっとびびって距離をとり、アルが倒れたときに思わず救助に向かおうとしてこの中庭に駆け寄って、けれどジークがいるから大丈夫だろうと思い直し、でも結局心配でこそこそと覗き見して、今に至ります」

コバヤシ様が淡々と告げた言葉に、私は思わず真顔になった。

リーゼロッテがかわいすぎて、にやつくどころではなく一周回って真顔になった。

なんだそれかわいすぎるだろう。

ところが私の表情の変化は、私以外の人間には、むしろ緊張感をもたらしたらしい。

「も、もうしわけありません、リーゼロッテ様……！」

フィーネは慌てたようにそう言い、頭を下げた。

バルドゥールとアルはそんな彼女をかばうように一歩前へと出て、フィーネを忌々しげに睨《にら》みつけるリーゼロッテの視線をさえぎろうとしている。

「おーっと完全なるシリアスムードだ！　またもやリーゼロッテが誤解されている‼」

「リゼたんの表情が硬い理由の半分は自分の嘘をごまかすための演技で、もう半分は緊張。誤差の範囲くらいのわずかな部分が嫉妬による不機嫌なのでそう警戒する必要もないんですがね」

でしょうね。

神々の実況と解説のお言葉に私は深い同意を覚えたが、それが聴こえていないほかの面々は重たい空気のままにらみ合っている。

「やぁ、ご機嫌ななめだね、お姫様。たしかに少し騒がしかったかもしれないが、悪いのはフィーネ嬢ではないよ。久しぶりにこの学園に顔を出した俺が、はじめて会うフィーネ嬢に浮かれてついあれこれと尋ねたり騒ぎすぎてしまったんだ。だから俺から、謝罪をさせてくれるかい？」

アルはきざったらしい笑顔を浮かべながらそう言うと、リーゼロッテの手をとり、その甲にキスをしようとする。

パシンッ。

リーゼロッテはアルの手を、あいていた方の手を使って叩《たた》き落《お》とした。

「あなた様からの謝罪など不要です。それよりも私に気軽に触れようとしないでくださいますか、アルトゥル・リヒター伯爵子息様」

リーゼロッテはアルを絶対零度の視線で見下げながら硬い声音でそう言った。

アルはリーゼロッテと顔を合わせる度に軽薄に言い寄っては毎度はねつけられている。

いつも虫けらを見るような目で見られてるのに、よくめげないものだ。

いつも通りのリーゼロッテの態度にアルは軽く肩をすくめて苦笑いし、彼女のいとこであるバルドゥールが眉根《まゆね》を寄せ一歩彼女の方へと踏み込んだ。諫《いさ》めるつもりだろう。

リーゼロッテは、キッと、ひとにらみでバルドゥールを制した。

瞬時に硬直した彼を軽く鼻で笑ったリーゼロッテは、ぴしりと背筋を伸ばしたまま、威風堂々口を開く。

「外野はすっこんでなさい。私が用があるのは、フィーネさんです」

ぴしゃりとそう言った彼女は、そのまままつかつかとフィーネに歩みより、試合のため運動着に着替え、腰にホルスターで杖《つえ》をくくり着けているフィーネをまじまじと眺めている。

「ああ、やっぱり。なんってみすぼらしい杖かしら……」

忌々しげに、ため息まじりに、リーゼロッテはそう言った。

「あ、その、これ、この学園の落とし物ボックスに半年以上残されていたもので、だからなんとタダで手に入れられて、だから私はそれだけで満足というか、その……！」

フィーネは慌てた様子で自身の杖を取り出し、焦ったような早口でそう言った。

彼女の杖はそのように手に入れたものだったのか。

たしかに学園の落とし物は持ち主が半年現れなければ誰《だれ》でも持っていっていいと定められてはいるが、アレは実質ゴミなのではないだろうか。

「こんなもの、杖というより、ゴミじゃない」

そう言いながらリーゼロッテはフィーネの杖を勝手にとりあげた。

そのまま見下げるように、忌々しげに、リーゼロッテは手にした杖を眺めている。

ふいにリーゼロッテがぐっと、その杖の真ん中あたりを強く握りこんだ。

するとそれは、ばきりと、折れてしまった。

「あら、この程度で壊れるだなんて、やっぱり欠陥品ね……。ねえ、これがたとえば集団での訓練や戦闘の最中だったらあなたは仲間に迷惑をかけたのだけれども、その自覚はおあり？」

冷徹な瞳《ひとみ》で杖だったものを眺め、ぽいと放り捨てながらそう言い放ったリーゼロッテに、バルドゥールとアルが怒りを露《あらわ》にして今にもくってかかりそうだ。

「わざと壊したなリーゼロッテ！　そして嫌味がきついぞリーゼロッテ！」

「けれどリゼたんがちょっと力をいれたら壊れるような杖、実際のところ危険ですからね。他の人に迷惑というのもあるでしょうが、もし魔法を練り上げている間に壊れれば、怪我《けが》をするのはまずフィーネちゃんです」

しかし、そんな神々の実況と解説の聴こえていた私は、冷静に二人を視線と仕草で制止してから、口を開く。

「あれだけボロボロの杖を使っていて、危険な目にあうのはフィーネ嬢だ。リーゼロッテのやり方はどうかと思うが、たしかに、あれを使い続けるというのは、私もよくないことだと思う」

私がそう言うと、リーゼロッテはふんと鼻をならし、アルとバルドゥールは態度を落ち着け、フィーネはしょんぼりとうなだれた。

まあ、実のところ、フィーネは杖など使わないのだが。

魔法杖は、魔法を遠方に飛ばすための補助道具だ。

自分自身や直接手で触れることのできるものに魔法を使う場合は、特に必要ない。

フィーネ自身が「正直私にはいらない気がするんですけど、なんか魔法使いたるもの一応持ってなきゃいけないらしいんで……」と以前言っていたこともある。

彼女にとってそれほど重要なものではないことを裏付けるように、杖を壊されたフィーネに特にショックを受けた様子は見受けられない。

近いうちに代わりのものをこの場の誰かが用意してやればそれでいいだろう。

「まったく、これだから貧乏な方の貧相な道具はいやね。それよりは多少マシな、私の予備のものを代わりに差し上げますから、これでよろしいでしょう？」

ところがリーゼロッテはそう言って、いずこからか一本の水色に輝く美しい杖をとりだした。

予備のもの、とリーゼロッテが評した杖だが、それにしてはえらく美しい。

真新しく、施された細やかな細工もずいぶん手が込んでいるようにみえる。

「お前が普段使っているのより、すこし華奢《きゃしゃ》じゃないか？」

バルドゥールがぽつりとその疑問を口にすると、リーゼロッテが彼を睨んだ。睨まれた彼はふいと目をそらせて口をつぐむ。

言われてみれば、この杖は今それを持っているリーゼロッテより、もう少し手の小さい人物に合わせてつくられているようにみえる。

そう、たとえばフィーネとか。

そう思って杖をまじまじと眺めてみれば、素材といい、細工といい、回復と補助の魔法と相性のいいものが厳選されていた。

これは、あからさまにフィーネを使い手として想定してつくられたものだろう。

私と同じように、攻撃も防御も補助も回復もバランスがよいともいえるし器用貧乏ともいえるし全部中途半端ともいえるし苦手なものがないともいえるリーゼロッテには、どう見ても合わない。というかここまで凝ったオーダーメイドだと、かなり値が張っただろうに。それを予備と称するのはいくらなんでも無理がある。

……ああ、なるほど。これが例の、【ツンデレ】ってやつだな⁉

なんだそれ、かわいすぎるだろう！

私と、同じくその杖を見て事態を察したらしいアルとバルドゥールは、そろってうつむき静かに身悶える。

なかでもどうにも笑いを我慢しきれないらしくわざとらしい咳払《せきばら》いをしているアルは、口元が明らかにニヨニヨしている。堪えろ……！

「おっとあれはリーゼロッテが一週間前に手もとに届いてから出したりしまったり眺めたり悶えたりしていた謎の杖！」

「なるほどあれはフィーネちゃんのために用意したけれどどう渡したものか悩んでいたものだったんですね。施しを与えたなんて思われては、リゼたんもフィーネちゃんも嫌でしょうから。そこで古い杖の破壊と、謝罪代わりにあの杖を渡すという手段にでたと。思えばフィーネちゃんの側《そば》にいるときにやたらとそわそわあの杖を触っていました」

もう駄目だ。

エンドー様とコバヤシ様の言葉に、私は顔面を両手で覆って天を仰いだ。

ああ、もう、かわいすぎるだろうが‼

私は数秒無言で悶えてから、またリーゼロッテを見守り愛《め》でる作業に戻ることにする。

まだ杖の価値や種類などさっぱりわかっていないらしいフィーネはしきりに首をかしげて戸惑っていたが、リーゼロッテは緊張のあまりか無言で真顔で杖を差し出し続けている。

「フィ、フィーネちゃん、受け取ってあげて……」

「その杖はそう悪いものではない。その、以前の杖を壊してしまったリーゼからのおわびだと思って、受け取ってやってくれ」

アルが笑いをこらえるあまりぷるぷると震えながら、バルドゥールが気まずげに、そう言った。

リーゼロッテはそんな二人をギロリと睨んだが、うん、もはやただかわいいだけだと思う。

◆◆◆

縁結びの女神

「あ、そろそろ時間だし、いっかいセーブしよっか」

小林詩帆乃《こばやししほの》のその言葉に、遠藤碧人《えんどうあおと》はコントローラーをいじっていた手を止め、小林家の明るいリビングダイニングの壁に掲げられた時計《とけい》を見上げた。

「お、マジだ。じゃあキリもいいし、ここで一旦《いったん》休憩ってことで」

碧人はそう言いながら、かちゃかちゃとなれた様子でゲームをセーブし、ゲーム機の電源をオフにした。

ほぼ同時に詩帆乃がテレビのチャンネルを公共放送に切り替える。

画面にはお昼のニュースが映し出された。

「よかったー。まだはじまってなかった！」

「頭のちょっとくらい見落としてもさしてかわんねーよ。気になるのは結果」

彼女たちの目当ての番組はまだはじまっていないらしい。

ほっとした様子の詩帆乃に対し、碧人はどこか冷めたような態度だ。

そんな言葉を発した彼の顔をちらりと見た詩帆乃は、けれど碧人の視線が真剣にまっすぐにテレビに向けられていること、つまり単に素直じゃないだけだということに気がつき、くすりと笑った。

「はじまる前にお茶新しくしとこうか」

詩帆乃はそう言うと、ゲームに熱中するうちにすっかり空になっていた二人分のグラスを持って立ち上がった。

そしてそのままカウンターキッチンの向こうへと入っていく。

「ああ、ごめん。ありがと」

「どういたしましてー。っていっても、ここ私の家だし。遠藤君お菓子買ってきてくれてるし」

毎回こういうことをするたびに生真面目《きまじめ》に感謝を表明してくれる少年に笑いかけながら、詩帆乃は冷凍庫から取り出した氷をからりからりとグラスにいれ、そこに冷蔵庫から取り出したピッチャーで麦茶を注ぐ。

詩帆乃を追いかけるようにキッチンのカウンターへとやってきた碧人に、詩帆乃は彼の分のグラスをさしだした。

「ありがと。しっかし、フィーネ、びっくりするくらいに強かったな……」

「ね。ステータス画面の表示がバグってるだけかな？　と思いきや、アレだもんね」

「アレだったな」

二人は先ほどまでのあちらの様子を思いだしながら、先ほど見た試合の結末を、フィーネの強さを、つまりはヒロインの少女のゴリラっぷりを、実に残念そうな表情で語り合った。

「しかしあそこまで強いとなると、フィーネの護衛っているか？　とか思うんだけど……。まあでもバルドゥールにフィーネの側《そば》にいるように言ったのって、本気でフィーネを守ってほしいってわけじゃなくて、単に小林さんが二人をくっつけたいからだよな？」

二人並んでそれぞれのグラスを持ってテレビの前に置かれた三人がけのソファーに戻っていきながら、碧人はそう尋ねた。

「ん、まあそうだけど、それだけじゃないよ？　というか、本当の狙《ねら》いは逆なんだけど、さすがにかわいそうかなあと思ったから言わなかっただけで……」

「逆？」

詩帆乃の曖昧《あいまい》な物言いに碧人が首を傾《かし》げると、ソファーにぽすんと座った彼女は、にやりと笑って彼に問いかけた。

「さて、問題です。リゼたんの死亡フラグの回避には、彼女の心を守ることがポイントなわけですが、バルの死亡フラグの回避には、いったいなにが必要でしょうか？」

彼女のその言葉に、碧人は慎重に人一人分の距離をあけて彼女の隣に座りながら思案する。

バルドゥールが死なないパターンは、逆ハーレムルートと彼の個人ルートのグッドエンドとベストエンド。個人ルートでも好感度かフィーネの能力が足らない場合にたどり着くバッドエンドでは、彼は死亡してしまう。

さて、それらに共通するものは？

そんな風に問題を整理した碧人は、ぱっとなにかをひらめいたように顔をあげた。

「要するに……、フィーネに守ってもらえばバルは死なない、ってこと、か？」

碧人がそう言うと、詩帆乃は微妙な表情でぎこちなくうなずいた。

「んー……、正解っちゃ正解だけど、どっちかというと必要なものは？　ってきいたんだから、そこは【フィーネの愛】ってこたえてほしかったかなー！」

少し不満そうに頬を膨らませた詩帆乃に対し、碧人はただ苦笑を返した。

そんな彼に、詩帆乃は得意げな表情で自説を語る。

「全部のルートを攻略した私が考えるに、バルが死なない場合っていうのは、フィーネもバルに対して好意を持ってるときなのかなって。つまり一方的に庇《かば》われるのではなくて、守りあうような、支えあうような良好な関係を二人が築けていることがバルの生存には必要なこと、だと、思うんだよね。だから、そこがくっついてくれれば私としてもめっちゃ楽しいけど、せめて仲間として仲良くなってくれればと期待して、ああいう指示をだしてみたわけ。あの、レベルカンストフィーネちゃんなら、仲間のことをばっちり守ってくれそう、でしょ？」

「逆ってつまりそういうことか。フィーネを守るんじゃなくて、フィーネが守る、っていう」

たしかに、レベルカンストフィーネがバルドゥールとのルートに入ってカンスト状態から更に覚《かく》醒《せい》をすれば、それはもう万全の守りどころか、「魔女逃げて！」だ。バルドゥールは死なない。

そんなことを考えた碧人はうんうんとうなずきながら言葉を続ける。

「リーゼロッテだけじゃなくて、やっぱ誰《だれ》にも死んでほしくないよな。一応この前リーゼロッテとバルドゥールに寵愛《ちようあい》とやらを与えてみたけど、効果のほどはわからんし……。よし！　バルとフィーネの関係も、全力応援しよう！」

勢いよく告げられた碧人の決意に、詩帆乃も両手でガッツポーズをつくって同意を示す。

「そう！　目指せ全員生存！　目指せみんなでハッピーエンド！」

二人が意気揚々と決意をかためた、その瞬間。


長い、長い、長い、泣きたくなるようなサイレンの音が鳴る。

それに呼ばれたように二人がぱっとテレビ画面に視線をむけると、彼らの見知った顔が、少し緊張したような真剣な表情で、画面の向こうにいた。

碧人は、やっぱりいっしょにあそこに行きたかったなという気持ちと、今も今で楽しいとは思う気持ちと、どちらが強いのか自分でもわからなくなりながら、かつての自分の仲間たちが甲子園球場にいる姿を、ただ、見つめる。

「はじまったねぇ。……実況でも、つける？　私野球はよくわかんないから、解説はできないけど」

くすりと笑いながらそんな軽口をたたいた詩帆乃に対し、碧人もなんとか、笑顔を返す。

「や、いいよ。でも……、ありがと」

碧人を元気付けようとする詩帆乃の存在をありがたく思いながら、それでもそれ以上の言葉を返す余裕は彼にはないようで。

常日頃《つねひごろ》は饒舌《じょうぜつ》な二人は、今はただ黙って画面の向こうの世界を見つめていた。


――

第一試合、碧人と詩帆乃が通う高校の対戦相手は、甲子園出場常連の名門校だった。

彼らの通う高校の野球部は、県内ではそれなりに強いとされているが、あくまでもそれなり。昨年は甲子園の出場は逃したし、全国にその名を知られているというほどではない。

そんな実力差のある二校の試合が八回まで進んだ現在、スコアは零対七。

碧人たちの高校は初戦敗退するのだろう。

「……あー、やっぱり、俺、帰ろうかな」

沈黙を破り、碧人はぽつりと、そう言った。画面の向こうのかつての仲間たちと同じような、苦しげな表情で。

「ここで見てくんじゃなかったの?」

きょとんと小首をかしげながら、詩帆乃は碧人にそう問うた。

「そのつもり、だったんだけど。なんか……、泣きそう。なっさけねー……」

碧人は震える声でそう言うと、その両手のひらで自身の顔面を覆った。

涙を抑えようとしているのか、あるいは敗色の濃厚な試合から目をそらしたかったのか。

そのまま硬直してしまった彼を、詩帆乃は眉《まゆ》をハの字にして見つめている。

「や、なんかもうほんと、自分でもわけがわかんないんだよ。あいつらに同情してんのか、自分があそこにいけなくて悔しいのか。でも、とにかく俺まだ、ふっきれてない、みたいで……。なんか、色々、ぐちゃぐちゃで……っ!」

まとまりきらない感情と、そんな自分の情けなさに、あふれ出てきたなにか熱いものが、碧人の手のひらに、じわりとしみてきた。

「じゃあ、なおのこと、うちで見ていきなよ。遠藤くん、一人暮らしじゃん」

「ひとりさびしくなんか泣かせねーよって？　小林さん、おっとこまえー……」

詩帆乃の言葉をわざと茶化したような碧人の声は、もう、鼻声だった。

「ま、遠藤くんの泣き顔なんか去年さんざん見たんだから、今さらだし？」

詩帆乃はそう言って、自分も今にも泣き出しそうな笑顔で、ふにゃりと笑った。

彼女はそのままそっと碧人との距離を少し詰め、ぽんぽんと、普段は手の届かないところにある彼の頭を、すこし硬い髪を、優しく撫《な》でた。

そう言われて去年のことを思い出したのか、その手の優しさが碧人の虚勢を突《つ》き崩したのか。

碧人は、とうとう泣き出した。堪《こら》えきれずに、吐き出すように。

「う……、ぁ、……ぁあぁ……っ！」

まるで去年と同じように。

碧人は去年まで、画面の向こうの彼らとともに甲子園を目指していた。

しかしそれはかなわず、彼は野球をやめた。

それはそれまで野球がすべてといっても過言ではない生き方をしてきた彼にとっては、まるで自分の人生が終わってしまったかのような事件だった。

けれど彼は彼女のおかげでそれを乗り越えることができた。

泣くことをゆるされて、そのつらさを吐き出すことを受け入れられて、ただ黙って隣にいてくれた彼女に、救われた。そうして去年の秋、この家で。遠藤碧人の小林詩帆乃への片恋が、始まったのだった。

――


碧人は、幼いころから、野球が好きだった。

彼の父は中学教師。そして少年だったころに野球に青春を捧《ささ》げ、現在も野球部の顧問をやっている人物だ。

そんな彼の父は姉・碧人・妹の三人きょうだいのうち真ん中、唯一の男児の碧人をことさらかわいがり、幼いころから野球に触れさせた。

物心つく前からのキャッチボールからはじまり、小学校にあがるころにはリトルリーグと進んだ碧人は父の勤務先の中学校に進学し野球部に入部。

彼の父が野球観戦につれていくのも決まって碧人だった。

碧人には父の期待にこたえたい気持ちは当然あった。

けれどそれだけではなく、普段はいかめしい父が野球のことになると少年のように楽しげで、嬉《うれ》しげで、いつしか碧人自身も野球が楽しく、好きになっていた。

碧人の高校進学の決め手も、野球だった。

碧人は高校進学の際、同じ県内の山の中、かなりの田舎《いなか》にある実家を出て、県庁所在地にある野球部の強い私立高校へと進学することを選択した。

彼のおばが以前から県庁所在地に住んでいたこと、おばの住むマンションの別フロアにかつて祖母が亡くなるまで住んでいたおば所有のワンルームがあったこと、もしその高校に進学するのであればそこを使ってよいというおばの申し出。それらが後押しになった。

彼にとって一五歳で実家を出ることは、それほどさびしいことではなかった。

家族と不仲というほどでもないが、碧人にとって母も姉も妹も女同士の結束が強くて間に入ることが難しく、また野球のため自宅にほとんどいなかった碧人にとって三人はすこし距離のある間柄だからだ。この夏休みにもお盆前後に一週間だけ帰省すれば十分だろうと碧人が考える程度に。

けれどそのことは同時に、そこまで碧人が野球にのめりこんで、野球中心の生活をしてきたということを意味していた。

そんな碧人の野球人生の転機は、去年。地方大会の途中の時期のことだった。

彼は強豪の野球部の中でくらいついていくため、かなりの無理をしていた。無理をして、無茶をして、それでももしかしたら才能が足りないかもしれないという恐怖を感じ始めていた矢先のこと。

彼は、肩を故障した。

日常生活に支障をきたすほどの障害が残るようなものではなかった。

けれど怪我《けが》の度合いからも元々の体格的にも、ピッチャーとして続けていくことは難しいという診断がされた。

だから彼は、野球をやめた。

リハビリ後野手への転向、そんな選択肢も考えた。

けれど彼は、野球を嫌いになる前に、野球が楽しくなくなる前に、すっぱりとやめるという選択をした。


――――


次の転機は秋。球技大会の直前のことだった。

ぬけがらのようになった碧人が、自分はなんのために生きているのかすらわからず、ただなんとなく死なないでなんとなく学校に通っているだけの高校生活を送っていたある日のこと。

クラス別対抗の球技大会にむけて、バレー、バスケ、卓球、ソフトボールの四種目のうち、どれに誰《だれ》が出場するのかを話し合いで決めていた、ホームルームで。

球技大会では不公平感を出さないために、各部活の部員は自身の部活と同じ競技への出場は禁じられている。またソフトボールにはソフトボール部員だけではなく野球部員の出場も禁止されている。そんな前提のもとで。

「遠藤もう野球部じゃねぇからソフトボール出れるじゃん！」

ふいにクラスメイトの一人が大きな声でそう言った瞬間、碧人は戸惑った。

たしかに碧人は野球部員ではもうなかったし、肩の故障も日常生活に支障がない程度には回復していたが、それでもまだふいに痛む瞬間もあったたし、まだ通院を続けていた時期だった。

だから碧人は、勝手に盛り上がり始めたクラスメイトに困惑していた。

「遠藤にピッチャーやってもらえりゃ誰も打てねんじゃね？　やばい負けが見えない」

「三年にも勝てたりして」

「誰が遠藤のボールキャッチすんだよ」

「遠藤くんなら打撃だけでも大活躍じゃない？」

碧人の困惑をよそに、ざわざわざわと勝手な期待がクラス中に広まって、クラスメイトがみんな勝手な言葉をめいめい口にしていた。

「あー、お前ら、その……」

まだ年若い担任教師がどうにか生徒たちの勝手な言い分を窘《たしな》めようとするも、勝手に碧人の怪我の状態を口にするわけにはいかない立場の担任も、この盛り上がっている空気に水をさすことにためらいを覚えていた碧人も、決定的な言葉を口には出せずに、まごついていた。

「あ、遠藤くんも放送部だから、競技時間の長いソフトボールは無理よりの無理！　っていうか、遠藤くんがでたらそれこそ決勝までいっちゃうから、ぜったいに無理‼」

そんな、はきはきとしたよく通る声が、教室の空気を一変させた。

クラスの中心人物である少女の発したその言葉は、あるものに安堵《あんど》を、あるものに更なる困惑と混乱を、あるものに疑問を、あるものに落胆をもたらした。

「……え、いつから？」

疑問を抱いたらしい少女の友人が問いかけたその声に、先ほどの言葉を発した少女、当時から放送部に所属していた小林詩帆乃は、にっこりと微笑《ほほえ》んで当たり前のようにこう言った。

「昨日《きのう》から。遠藤くんいい声してるから、私が勧誘したの。さすが元野球部、腹から声が出るね！」

そのことは、その場にいた全員にとって初耳だった。

つまり、碧人ですらも、はじめてきかされたことだった。

先ほど安堵していたのは担任教師で、困惑と混乱に陥っていたのは遠藤碧人その人だった。なぜならば彼は、実際には当時放送部に所属もしていなければ、勧誘を受けた記憶すらなかったからだ。

ざわざわと、ええー、とか、もったいねー、とかいった落胆の声があちらこちらからあがる中、詩帆乃はちらりと碧人に視線を寄越《よこ》し、いたずらが成功した子どものように笑った。

その笑顔にどきりとさせられた碧人が、なにも言葉を発することができないでいるうちに、担任教師の声が響く。

「まあまあまあ！　放送部なら仕方ないだろ、仕事があるんだから。そもそもひとりに無理させようとしなーい。みんなで力合わせようや、な？」

担任教師がそうとりなしたことで、ようやくホームルームの空気が落ち着きを取り戻した。同時に碧人への勝手な期待も霧散していく。

ただ、遠藤碧人の心に、小林詩帆乃に助けられたという感動と、彼女の笑顔へのあまずっぱい動揺だけが残されていた。

「俺、昨日から放送部員だったんだ？」

碧人は放課後、放送部の部室へと向かう詩帆乃の小さな背中を追いかけて、そう声をかけた。

「今日からでもいいでしょ？　一日くらい誤差だよ誤差」

詩帆乃はそう言って、くすくすと笑う。

「……今日から入部するって言った覚えも、ないけど」

碧人が苦笑しながらそう言うと、詩帆乃は迷いのない足取りで部室へと歩みを進めながら、彼女を追いかける彼ににやりと笑いかけた。

「でもう、みんな遠藤くんは放送部員だって思っているし、少なくとも球技大会当日までは放送部員になっておかなきゃまずくない？」

「そりゃ、そうだけど……」

「ま、すぐやめてもいいから、とりあえず入部しなよ。大丈夫、うちの放送部はユルいから！　なんと活動日は週に一回水曜日のみ！　放送当番はあるけどたぶん入部してすぐは割り振られないし、なんなら私が代わる！　おまけに『放送の仕事しなきゃなんでー』という言い訳で、球技大会どころかあらゆる行事がサボり放題！」

まだ戸惑った様子の碧人に対し、詩帆乃が自信満々な様子で畳み掛けた誘い文句に、碧人はのまれかけている。

「さあ、どうぞ？」

そう言って彼女は、ちょうどたどり着いた放送部の部室の扉をあけた。

奥には放送ブースにつながる分厚い金属の扉が見えるが、その手前側、部室部分にはゲームや漫画が乱雑におかれ、巨大なクッション型のソファすらあり、そこにはすでにいた部員たちがくつろぐ姿があった。

「……たしかに、ユルそう、だな」

碧人はその雑然としていてとても居心地《いごこち》がよさそうな部屋と、詩帆乃の誘い文句に心を動かされていた。

碧人はこの扉をくぐるということが、単純に室内に入るというだけではなく、放送部への入部の意思表示になるということを理解していた。

それは、マネージャーとしてでも戻ってこないかという野球部の顧問の誘いを断る結果をもたらすということも。

「ありがとう」

けれど碧人はそう言いながら、ぺこりと頭を下げてそこに入った。

それは碧人が野球部への未練を断ち切った瞬間で、これから先幾度も従うことになる詩帆乃の笑顔に、最初に負けた瞬間だった。

——

その日は偶然週に一度の活動日だった。

根が体育会系の碧人が、活動日にもかかわらず部員全員が集まらない程度のユルさに衝撃を受けたり、時期外れの新入部員にもかかわらずあっさりと歓迎されて戸惑ったり、部活動自体も雑談交じりに楽しくすすめるほどの野球部との文化の違いにもはや恐怖を感じたり、そんな雑談の中で偶然詩帆乃と帰宅方向が同じことが判明していっしょに帰宅する流れになったことに歓喜したりしているうちに、その日の活動は終わった。

「怪我人に怪我の原因になった競技と似た競技の試合に出ろって、みんな鬼畜だよねぇ」

部活を終えて、二人が並んで帰路についてすぐ、けらけらと笑いながら詩帆乃がそう言った。

「まあ、だいたい治ってはいるし、平気そうに見せてるから。あいつらも悪気はなかったんだろうし。でも、正直助かった。ありがとう」

碧人があらためて感謝を口にしながら頭をさげると、詩帆乃は「気にするな」とばかりにぽんぽんと軽く碧人の二の腕のあたりを叩《たた》く。

「いえいえ。実は本当に、遠藤くんいい声してるなーって思って前から目をつけてたし！」

にっこりと笑いながら言われた詩帆乃の言葉に碧人が目を瞬かせていると、詩帆乃は笑みを深めて言葉を続ける。

「ほら体育会系の人らって、特に野球部って、腹から声出すじゃん。みんな普段から声だして練習してるじゃん。それでグラウンドの方からすごくいい声がきこえるなって思ってみたら、それが遠藤くんだったんだよね」

詩帆乃に手放しでほめられた碧人は、照れを必死におさえこむような表情で視線をそらせていた。

「だから、私は遠藤くんが放送部に入ってくれて、すごくうれしい！　野球部で鍛えたその声、ぜひ放送部で活躍させてね！」

けれど、そう締めくくられて、野球部員として声を出していたのはもう過去のことで、自分がそこに戻ることはないという現実を突きつけられたように感じた碧人は、ふっとシニカルに笑う。

「野球部で鍛えた声、か……。こんなのでも残ってよかったっていうか、こんなんしか残らなかったっていうかだけど、な」

「ははっ、ネガティブだねぇ！」

詩帆乃が碧人の言葉を笑い飛ばした瞬間、碧人は安堵のため息を吐《つ》いた。

彼自身、言葉にしてしまってから、慰められることをまっているような自分の言葉の情けなさに気づいていたのだろう。

「……でも、肩が故障したからって、他のすべてまで失われたわけじゃない、でしょう？」

ふいに、静かな声音にかわった詩帆乃が口にした言葉に、碧人はその表情を硬直させた。

「野球って、選手がすべてではない、んじゃない？　たとえばコーチになったって、マッサージの人になったって、それこそアナウンサーになって実況したって……、今まで遠藤くんが積み重ねてきた努力と経験は、どこかで活《い》かせるよ。声だけしか残ってないなんて、そんなわけ、ないと思う」

真剣に、静かに発された彼女のその言葉にどんな言葉を返したらいいのか、どんな表情でその言葉を受け止めたらいいのか、碧人にはわからなかった。

けれど、いつも教室の中心できゃあきゃあとはしゃいでいる、どちらかというと騒がしいイメージしかない詩帆乃が丁寧に紡いだ言葉は、碧人の心の深いところに、じわりとあたたかくしみいっていった。

「……そう、か」

ただそれだけを碧人がなんとか口にすると、つ、と彼の頬に一筋の涙が伝った。

それ以上の言葉が出せなかった碧人と、彼の涙に黙って寄り添うことにした詩帆乃は、やわらかな夕日に照らされて、優しい沈黙の中で、ただ並んで歩いた。


「ここ、私の家。タオルとティッシュとお茶とお菓子くらいは出すよ」

詩帆乃は小林という表札を掲げた一軒の民家の前で、碧人を振り返りながらそう言った。

碧人はその誘いにただ首をふった。歩いているうちに次から次へと流れ出してきた涙をそれでも堪えようとしていた彼は、もう遠慮する言葉を発することもできない状態だった。

「ほら、とりあえず入って」

けれど詩帆乃は苦笑しながら碧人の手を引き、家の中へとむかっていく。

根っから文化系の詩帆乃の引く力はそれほど強いものではなく、元々野球部員で今でもリハビリと筋トレは毎日続けている碧人にとって、それを振り払うことは難しいことではなかった。

ただのクラスメイトなのに、そこまで迷惑をかけるわけにはいかない。そんな警告を碧人の理性が発してもいた。

けれど詩帆乃の心遣いと笑顔にもうどうしようもなく惹《ひ》かれはじめていた碧人は、彼女のその少し冷たい、碧人とちがって滑らかで柔らかな肌の華奢《きゃしゃ》な手を、振り払うことができなかった。

「ご、めん……」

なんとかそれだけを口にした碧人は、たしかにタオルが必要なくらいに、顔面が濡《ぬ》れていた。

「べつに、謝らないでいいよ」

そういってふわりと笑った詩帆乃に、当時ただのクラスメイトでしかなかった少女に、すがりつくように崩れ落ちた碧人は、そのまま小林家の玄関で号泣した。

非常識にもほぼ他人の家の玄関でうずくまって大号泣を始めた男に嫌な顔ひとつせずただ黙って寄り添った詩帆乃のその優しさに促されるように、碧人は泣いて、泣いて、野球に捧《ささ》げた年月の分だけ泣いて、泣いた。

やがて鼻の奥も頭も痛くなるほどに、しゃくりあげがどうにも止まらなくなるほどに、思考回路が涙でふやけてしまったかのように頭がぼんやりするほどに、碧人は泣きつくした。

泣きつくした碧人が顔を上げて、碧人が我慢から解放されて泣けたことに安堵する詩帆乃の笑みを見たころには、もうどうしようもないくらいに、遠藤碧人は小林詩帆乃に、恋をしていた。

「あたま、いてー……」

自分が諦《あきら》めた甲子園に行ったかつての仲間たちの姿を見て、昨年の秋ごろと同じくらいに小林家のリビングで泣きつくした碧人は、洟《はな》をすすりながらふいにそう言った。

二人が見ていた試合は二人が通う高校の敗北でとっくに終わり、そこから更にかなりの時間がたっていた。

「あー、鼻とか目とかならともかく、頭痛いのだけはどうにもなんないねー」

そう言って笑った詩帆乃は、先ほどまでずっと、ティッシュ、冷やした濡れタオル、ホットミルク等々、あらゆるものを差し出して碧人の号泣をサポートした上で、彼が泣き止《や》むまでその隣にそっと寄り添っていた。

「いやでもさんきゅ。マジ、助かった。いやー、小林さん泣かせ上手だわ」

散々に泣きじゃくったことが恥ずかしくなってきたのか、どこかふざけたようなそんな言葉を碧人は口にした。

「ふっふーん、遠藤くんを泣かすのも、もう二回目だからね」

詩帆乃は碧人にあわせておどけたようにそう言いながら胸を張った。

そんな彼女をたたえるようにぱちぱちと拍手をした碧人は、ふとなんでもないような表情と声音でぽつりと呟《つぶや》く。

「いや俺さー、あのときマジで死にそうだったんだよね」

きわめて軽い口調で語られたきわめて重たい【死】という単語に、詩帆乃はぎょっとした表情で彼を見た。

そんな彼女の視線を受けた碧人は、苦笑しながら言葉を続ける。

「いや、つっても積極的に死にたかったわけじゃなくて、生きてる意味がわからないって感じでさ。でも小林さんのおかげで、俺は生きてる。放送部も楽しいし、色々感謝してるって話」

いきなりそんなことを言われた詩帆乃は、なんと言ったらいいかわからず曖昧《あいまい》に笑った。

「いやー、やっぱ死んだらダメだよな。生きていればいいことある……、かどうかはわかんないけど、死ぬのはとりあえずダメだ。いいもわるいも全部の可能性がなくなる。だから、あいつらも、とにかく全員無事に生き延びさせなきゃ、なー……」

碧人は今は沈黙しているゲーム機に視線をやりながらそう言った。

それにつられるように同じくそちらを見ながら、その向こう、あちらの世界の人々に思いをはせた詩帆乃は、口を開く。

「……あの、ちょっと重い話をしてもいい？」

真剣なトーンで切り出された詩帆乃の言葉に首をかしげながら、碧人はただうなずいた。

「私ひとりでも色々試してみたんだけど、あの変なセーブデータ、遠藤くんといっしょじゃないと開くこともできなければ、コピーも前のデータとは別スロットに新規保存も、プレイ途中でのロードすらもできなかったの」

「なんだ、それ……？　ただのゲーム、とは、さすがにもう思ってなかったけど……」

詩帆乃から知らされた不気味な事実は、所詮《しょせん》画面の向こう、すこし変わっているけどあくまでもゲームの話とどこかで考えていた碧人の顔色を悪くさせた。

彼は言葉にした通り、ただのゲームとはもう思っていなかった。

自分たちの言葉にこたえて動く向こうの世界の住人に、本当に生きている友人のような親しみを覚えていた。誰一人死なせたくないと真剣に願うようになっていた。

けれど、遠藤碧人は、どこかでまだ『何度でもやり直しがきくだろう』と、その点についてはゲームのように考えていた。

「やり直しは、きかない。チャンスは、一回しかない。たぶん、だけど。そういう意味でも、これは、ただのゲームじゃ、ない」

詩帆乃が自分自身にも言い聞かせるように語ったその事実に、碧人は自分の認識がいかに甘かったかを思い知らされる。

「しかも、俺たちの言葉次第で、誰かが死ぬかもしれない……」

碧人がそう言った声は、わずかに震えていた。

「そう。だから、私は全力を尽くしたい。全員死なせないように、みんなしあわせになれるように。私は、私ができることを全部、私が思いつくことを全部、全力でやりたい」

詩帆乃の声と覚悟には、しっかりと芯《しん》のようなものが感じられた。

碧人よりもよくゲームのことを知っていて、あちらの世界の住人にも並々ならぬ愛着を持っていて、ただのゲームではないと碧人よりも先に把握していた詩帆乃は、既に覚悟を決めていた。

あちらの世界にとって自分たちが神であるというのならば、それにふさわしいよう、あちらの住人たちが少しでもしあわせになれるよう、導こうと。

彼女の言葉と表情、なによりもまっすぐ碧人に向けられた視線でその覚悟を感じ取った碧人は、それにのまれたように、あてられたかのように硬直している。

そこで、ふっと、詩帆乃が笑った。

「そうは言っても、私たちがすることは、今までもこれからも変わらないけどね！　ただあちらの世界をのぞき見て、実況と解説をつけるだけ。まあコントローラーきかなくなっちゃったからそれしかできないんだけど、実際これで今のところはうまくいってるし」

空気を換えようとつとめて明るい声を出す詩帆乃に対し、碧人もひとつため息を吐《つ》いて、肩の力を抜いて言葉を返す。

「まあ、俺らがあんま不安に思いすぎてたら、俺らを神様だって信じてくれてるジークも不安になるだろうし、な」

弱々しい笑顔で碧人が語った言葉に、詩帆乃は朗らかな笑顔でうなずいた。

「そうそう！　だからまあ、今の話は頭の片隅においておくくらいにして、これからも楽しもう！」

真剣に、けれど楽しんで。二人の方針はそんなものに決まったらしい。

それでもまだ少し顔色の悪い碧人の気を紛らわせるように、詩帆乃はにやりと笑ってことさら明るく話し出す。

「死なせないためってのもあるけどさー、私やっぱりフィーネの恋人にはバルドゥールがいいと思うんだよね！　彼が一番フィーネのこと愛してる気がする！　個人ルートもいちばん甘いし！」

「ん、まあ、そう、なのか……？」

詩帆乃の言葉に首をかしげた碧人は知らないことだが、バルドゥールはフィーネが誰のルートを選ぼうとも勝手にフィーネを庇《かば》って死ぬほどの男だ。

個別イベントやルートの甘さは他の攻略キャラと比較して群を抜いていると評されてもいる。

そのことを知っていて、ゆえにバルドゥールのことを応援してやりたいと思っている詩帆乃は碧人に熱弁をふるい続ける。

「バル、ゲームだとめっちゃおとしやすいんだよ！　もうあからさまにフィーネちゃんのこと大好きキャラなの！　他の人狙《ねら》ってるのに勝手にバルの好感度あがっちゃってることすらあって、なんどラストダンスで『いやお前じゃねえし！』と叫んだことか……」

少し遠い目でそう語った彼女の言葉で、碧人の中でいくつかの記憶が呼び覚まされた。

たしかに、詩帆乃が部室でまじこいをプレイしながらそんなことを叫んだのを何度か聞いた記憶が碧人にはある。

そしてそのあと毎回、「いやバルドゥール好きだけどね⁉　いちばん好きだけどね⁉　でも今は君じゃないんだ！」と詩帆乃が叫んでいたことも、その言葉に彼女に恋している彼がひそかに嫉妬《しっと》を覚えていたことも、碧人は同時に思い出した。

「そういや、……好きなんじゃないの？」

「ん？」

碧人の核心部分をわざと避けたような曖昧な問いかけに、詩帆乃はふしぎそうに首をかしげた。

「いや、小林さんは、バルドゥールのこと、好きなんじゃないかなーって」

なぜ好きな相手を積極的に誰かとくっつけるようなマネをするのか理解できない碧人はそう言ったが、詩帆乃はまだぴんと来ない様子だ。

「うん、まあ、好きだよ？　まじこいの攻略キャラの中ではいちばん」

「だよな。なのに、フィーネとくっつける、で、いいの？」

二人は互いにふしぎそうな表情で、理解できないものを見るような目で、そんなやりとりとした。

「……ああ！　いや好きってそういうんじゃないんだよ！」

二人のすれ違いの原因に思い当たったらしい詩帆乃は、ぽんと両手を胸の前で打ち鳴らしてそう言った。

まだ首をかしげたままの碧人に、詩帆乃は丁寧に、ゆっくりと説いていく。

「なんていうか、私は【フィーネの恋人としてのバルドゥール】が好きなんだよ。いちばん萌《も》えるのはバルルートだけど、私自身がバルに恋をしてるとかそういうんじゃない……って意味わかる？」

詩帆乃にわかるかと問われてもさっぱりわからないままの碧人は、むしろますます訝《いぶか》しげに首をひねっている。

碧人の眉根《まゆね》に寄せられたシワはますます深くなり、そんな彼を彼女は笑った。

「ふふふ、そっか。たぶん遠藤くんは、そもそも乙女ゲームというものに対して誤解があるんだね」

「誤解……？　乙女ゲームって、女性向けの恋愛シミュレーションゲームってだけじゃねーの？」

きょとんとした表情でそう尋ねた碧人に対し、詩帆乃は彼の顔の前にぴっとピースサインを掲げて話し出す。

「あのね、これは私の持論なんだけど、乙女ゲームには主に二種類あって、主人公というかヒロインが没個性なやつと、ヒロインのキャラがたってるやつがあるの。で、楽しむ人にも二種類いて、自分が主人公になったつもりで楽しむ人と、神様視点でこいつとこいつくっつけたろーっと楽しむ人とがいる、と思うの」

掲げたピースサインの人差し指と中指をぴこぴこと器用に動かしながら、詩帆乃はそう言った。

「神……、ねえ」

自分たちも神と呼ばれ、また隠し攻略キャラクターにしてフィーネを覚醒《かくせい》させる重要な役目を担う存在も、神。

まじこいというゲームのキーワードはまさに【神】なのかもしれない。

直感でそんな風に感じとった碧人はぽつりとその言葉を口にした。

「まじこいは、いずれも後者なのよ。攻略対象者のスチルもフィーネ目線じゃなくて第三者からフィーネと【彼】を見たときの絵だし、フィーネの作画もやたら気合入ってるし、なぜかフィーネの一枚絵もやたら多いし。まじこいはまさに、【神から目線でフィーネを愛《め》でるゲーム】って感じなんだよ」

碧人の直感を裏付けるような言葉を口にした詩帆乃は、ふいにぱたりとピースサインを下ろした。

彼女は思案顔で、自分の考えを言葉にすることでまとめていく。

「まじこいは、正直フィーネがいちばん制作に愛されてるなーって思うくらいのつくりをしていて、だから私はバルドゥールのことはフィーネの相手としかみていなくて……。つまり私は、二人のことを、神様として、縁結びしてやろうと思っている……。うん、そういうこと！」

詩帆乃がにっこりと笑って締めくくった言葉でようやく納得のいった碧人は深くうなずいた。

「……ただ神から目線で見ると、私はむしろリゼたんがかわいくね？　ジークとくっつけたくね？って思っちゃったんだけど」

詩帆乃はふと真顔になって、ぽそりとそんな言葉を口にした。

「忙しいな、縁結びの女神」

碧人は苦笑しながらそう言った。

フィーネとバルドゥール、リーゼロッテとジークヴァルト、この二組のカップルの縁結びを同時にもくろんでいる詩帆乃に、ついでに碧人自身の恋の成就も願いたいと思いながら。

第3章　リボンの色は

この学園では、先輩が後輩を指導する場面が多くある。

それというのも、教師はみな魔法が使える人間、つまり貴族家の生まれの方々ばかりだが、爵位は継いでいない方が多い。そのため中には教師を侮る生徒もいる。

特にそれまで家族や家庭教師や使用人としか触れ合ってこなかった一年生はその傾向が強い。

そこで三学年合同での授業や、三年生が教師役となって一年生を指導する講座が春から夏にかけて特に多く設けられているのだ。

六月も半ばの今日もそんな講座のひとつがあり、一年生と三年生とが校庭に出て、属性の似た者たちでグループにまとまって知識を交換しあっているところ、の、はずなのだが。

「……なんだか、落ち着きがありませんわね」

私と同じ集団のリーゼロッテが、集団の外をにらみつけながらそう言った。

彼女の言葉の通り、先ほどから一部の生徒たちに落ち着きがない。

何名かだが、ひそひそくすくすと噂話かなにかをしている者がいる。

私たちの集団は今は話し合っていただけだったが、他の集団では三年生による実演を交えているところもある。

教師の目がないとはいえ、決して気を抜いていいような場面ではない。

私は顔をしかめた。

私は現在最高学年に所属していて、王族だ。一応はこの学園の中でいちばん身分が高い。そのため指導役の中心となってくれと教師から事前に指示を受けている。

この騒ぎの原因を探って、沈静化させるべきだろう。

「あちらの方が騒ぎの中心のようだね。少し、様子を見に行ってみようか」

一年生の中で身分が最も高く、同じく教師から私の補佐に任命されていたリーゼロッテにそう声をかけると、彼女は杖《つえ》を取り出し隙なく構えてうなずいた。

私は思わずそっと忠告する。

「いや、実力行使までは、必要ないんじゃないかな……」

「備えと気合です。さあ、行きましょう」

ぴしゃりと言い切りぴしりと背を伸ばして歩き出した彼女の背中を、私は慌てて追いかける。

穏便に解決するように釘《くぎ》をさしたかったが、私たちに刺さる視線がどうにもいやな感じで気になったことと、その視線のもとをにらみつけては威嚇するリーゼロッテが少しこわくて、私はなにも言えなかった。

騒ぎの中心は、アルトゥルとフィーネのいる、治癒術に長《た》けたものたちのグループだった。

「なにかあったのか?」

私がアルに声をかけると、彼は実に嫌そうな顔で振り向いた。

「ジーク、お前は来るなよお前だけは来るなよ！　っていうかせめて婚約者は連れてくるな‼」

わけのわからないことを突然に叫ばれた私が少し硬直をしている隙に、リーゼロッテがすっと前に出て、つかつかとフィーネに歩み寄っていく。

「その、杖」

リーゼロッテは低い声でぽつりとそれだけを口にした。見ればフィーネが先日リーゼロッテに贈られた杖を持っている。

そしてその柄の部分には、金色のリボンがくくりつけられていた。

「はい、リーゼロッテ様にいただいた杖です！」

嬉《うれ》しげにフィーネがその杖をくるりとまわすと、なぜかリーゼロッテの表情がいっそう険しくなり、私の傍らのアルが深く重いため息を吐き出した。

ふしぎに思う私の耳に、神々の声が届く。

「問題は杖じゃなくてそのグリップのリボンだフィーネ！」

「よりにもよってまた鮮やかな金色を選択してきましたね。落ち着いた金か紺色ならよかったのに……。これはこそこそひそひそされるしリゼたんがブチギレても仕方ありません」

エンドー様とコバヤシ様のお言葉に、私は首をひねった。

「あのリボンが、なにか問題なのか？」

私がこっそりとアルに尋ねると、アルも声を潜めながら、気まずげな様子で語りだす。

「今女の子たちの間で、グリップに憧《あこが》れの人やパートナーの髪か目の色のリボンをつけるのが流行《はや》ってんだよ。で、それを知ってる男どもが杖につけてもらうために自分の色のリボンを贈ったりしてんの。なのにフィーネちゃんは、ほら、たぶん女の子の友だちいないから、『すっぽ抜けづらそうでいいなと思って、真似《まね》してみました！』とか言ってどうやら意味を理解しないまま無邪気にあのリボンを巻いてきちゃって……」

「フィーネさん、貴女《あなた》、リボンの色の意味はご存知なのかしら？」

リーゼロッテは優雅に微笑《ほほえ》みながらそう尋ねたが、ぞくり、と嫌な悪寒がするような、確かな怒りのこもった声音だった。

「……色、ですか？」

問われたフィーネは意味がわからなかったようできょとんと小首をかしげている。

意味がわかっていて私たちに知られないうちにどうにかしようとしていたらしいアルは頭を抱えているし、今しがた意味のわかった私もリーゼロッテの気迫に若干おされつつある。

「ええ。みなさん、意中の方を思って、その色に思いをはせて、リボンをつけているの。ねえ、よりにもよって金色を、殿下の瞳《ひとみ》の色を選ぶだなんて、それは私への宣戦布告なのかしら？」

リーゼロッテがそこまで言って初めて、フィーネはその顔色を悪くさせて、ぴしりと硬直した。

「それにそのリボン。絹のようですけれども、あなたが、どのように、それを手に入れたのかしら？　……まさか、殿下よりたまわった、なんて、おっしゃるの？」

リーゼロッテの続けた言葉に、この場の気温が、ぐっと下がった気さえした。こわい。

エンドー様が慌てたように叫ぶ。

「やばいやばいやばい！　リーゼロッテがマジギレだぁあああ！」

「ジーク、見ないであげてください。リゼたん今恋する乙女として完全にアウトな顔してます！」

コバヤシ様に言われるまでもなく、私はリーゼロッテの顔を見ることができなかった。

私への愛ゆえに暴走しているのだというのはわかるし、私の身に覚えはないのだが、どうにも恐ろしくて。

「ちが、ちがいますよこれリーゼロッテ様がくれたやつです！　くれたやつっていうか、正確にはくれたノートを束ねてあったやつっていうか、ですけど……。でもこれは間違いなくリーゼロッテ様にいただきました‼」

フィーネが焦りながらもそう言いきると、リーゼロッテがまじまじとフィーネの手元の杖、その柄のリボンを眺め、首をひねりはじめた。

「……あら。そう言われれば、……そう、ね」

やがてあっさりとリーゼロッテが認めた瞬間、その場の全員がほっと息を吐いた。

「紙はまだそちらの世界では高価なものですからね。裏紙を集めて束ねたものをノートとして利用していたフィーネちゃんをみかねたリゼたんが、大量のノートを彼女に贈ったことがあります」

「二人は、ずいぶん仲がいいんだね」

コバヤシ様のお言葉に思わず私がそんな感想をもらすと、ばっとリーゼロッテが私を振り向き、真《ま》っ赤《か》な顔で叫ぶ。

「ありえません！　恵んだ、とまでは言いませんが、富めるものとしての責務というか、その……！」

焦ったようなその反応は、かえってリーゼロッテがいかにフィーネに目をかけているかを示すかのようだった。

というか、リーゼロッテは元々面倒見のいい性質であるし、私さえ絡まなければ彼女たちの関係は良好なのかもしれない。

ふいに、先ほどまでとはちがうざわつきが私たちの周囲に広がっていることに気がついた。

「これあれだな。百合展開かと思われているな」

「リゼたんが贈ったリゼたんの髪の色のリボンを、フィーネちゃんが杖のグリップに結んでいるわけですからね。まあでも女同士なら憧れとか友情とかで済ませられるんじゃないでしょうか」

嫉妬《しっと》するとまでは言わないが、それはさすがに面白くない。

私は神々の言葉に、顔をしかめた。

「とにかくこの金色がまぎらわしかったってことですね、すみません。馬に蹴《け》られるのは嫌なので、このリボンはやめます。なので殿下もリーゼロッテ様も、そう私をにらまないでください」

フィーネはぺこりと頭を下げながらそう言った。

それからしゅるりとリボンを解いて、リボンと杖をしょんぼりとした様子で懐にしまう。

「ああ、その……、なんというか、こちらこそ、すまなかった」

私は少し恥ずかしい気持ちで、謝罪した。

リーゼロッテは顔を赤くしてうつむいていたが、やがて顔をあげ、叫ぶ。

「そ……、そもそもフィーネさんは普段から考えが足りませんのよ！　もっと周りの様子をよく見て、わからないことがあれば私にきいてから行動なさいませと、いつも言っているでしょう⁉」

恥ずかしさをごまかすためか、手に持っていた杖の先をフィーネにびしりと突きつけながら、リーゼロッテはそう叫んだ。

フィーネは非常にもうしわけなさそうな表情で、しょんぼりと頭をさげている。

「さて、なんとなく危機が去ったところで、次に注目すべきはリゼたんの杖です。フィーネちゃんに意識がむいている今がチャンス！　ジーク、よーく見てください」

コバヤシ様が楽しげに告げたお言葉を聴いた私は、まだフィーネへの説教を続けているリーゼロッテの杖を、まじまじと見た。

彼女の杖のベースは金。紫の宝石が柄にはめ込まれているその杖に結ばれているのは、金糸で精《せい》緻《ち》な刺繍《ししゅう》の施された、白いリボン、だった。

「これ、私の、色……？」

私が思わずそう言葉にすると、リーゼロッテの動きがとまった。

え。なにそれかわいい。

「ああ、やっぱりそうなんだ。実に美しい刺繍だね。私も同じ職人にオーダーして、紫の糸で刺繍をいれた、金色のリボンでも杖につけようかな」

浮かれた私が上機嫌にそう告げたが、リーゼロッテは真っ赤になってうつむき、ふるふると震え

て沈黙している。

「ねえ、リーゼロッテ、それはどこの職人に頼んだものなのか、教えてくれる？　私と君とでおそろい、というのも、いいでしょう？」

これほどに見事なものを愛用していては、リーゼロッテにリボンを贈ることは無粋だろう。

それならばという思い付きを私が言葉にしたら、なぜかリーゼロッテに、涙目でぎろりとにらまれてしまう。

「……わたくし、です」

ぶるぶると震えながら搾り出すようにリーゼロッテはそう告げたが、私は意味がわからなかった。

私が首をかしげると、彼女はやけっぱちのように叫ぶ。

「だから、私です！　このリボンには、私が自分で刺繍をいれました！　ああ、もう、かしこまりました金に紫で同じ意匠ですのね⁉　ご注文承りましたわ出来上がりまではしばらくお時間をいただきますがご了承くださいませ‼」

リーゼロッテはまるで商人のようなそんな言葉を叫ぶと、私たちがやってきた方向、元いたグループの方へと逃げるように走り去っていってしまった。

「……ねぇ、あれ、かわいすぎない？」

私が思わず私の婚約者のおそろしいまでの愛らしさに感心しながらそう告げると、アルはあきれたように苦笑を浮かべて肩をすくめ、フィーネはしっかりとうなずいた。

「本当に。リーゼロッテ様ってめっちゃかわいいしめっちゃいい人ですよね」

力強く断言したフィーネを、私はすこし意外な気持ちで見つめた。

少し前までは、彼女はむしろリーゼロッテのことをおそれていたかのように思うのだが。

そんな私の視線に気がついたらしいフィーネは、苦笑しながら口を開く。

「ああ、いや、よく考えたらリーゼロッテ様って色々物くれるし、実はいい人なのかなって。というか、こうやってあの方がばしっと私に愛ある説教をしてくれるのってありがたいことだし、私めっちゃ助けられてるんだなと、最近気がつきまして。ほら、今もさっきまでの嫌な感じの空気、なくなっているでしょう?」

フィーネがぐるりと周囲に視線をやったのにつられて見渡すと、たしかに、フィーネをわらう人物はすっかりいなくなっていた。

むしろ、どこか同情的な視線を彼女に向けているものすらいる。

「ああいう、ツンツンした態度だけれど、実は甘い、デレ? ている、愛らしい人物のことを、【ツンデレ】っていうらしいよ」

「あー、なんかわかります。なるほど、【ツンデレ】かぁ……。かわいいですね」

私が神に与えられた知識を披露したところ、フィーネは即座に理解を示してくれた。

「わかってくれて、なによりだ。しかし、やっぱり、二人はずいぶん、仲がいいんだね」

私と関係ないときの、冷静な状態のリーゼロッテであれば、という言葉は、さすがにうぬぼれのようで続けられなかった。

けれど実際、私がいないところでのフィーネとリーゼロッテの関係は、案外良好なようだ。

「それはジークが余裕でリゼたんをいなすことで、リゼたんのかわいさがフィーネちゃんにもみんなにも伝わってきたからですよ！　いやー、解説やっててよかった！」

聴こえてきたコバヤシ様のお言葉になるほどと思っていると、若干顔色を悪くしたフィーネが、おそるおそるといった感じで告げてくる。

「いや、あの、先ほども申しましたが私は馬に蹴られたくはないというか、お二方の恋路は応援していますよというか、その……」

しまった。嫌味ととられたか。

「ああ、いや、二人が友情を深めていることは、いいことだと、思うよ」

私がそんなフォローをすると、フィーネがほっと息を吐く。

「ただ……、あくまでも、リーゼロッテは、私の婚約者、だから、ね？」

そんな釘《くぎ》をさすような言葉を口にしてしまった自分に、私自身驚いた。

フィーネはぶんぶんと首が痛むんじゃないかというくらいに幾度も力強くうなずいていたが、私は私に芽生えた感情に、すこし、戸惑いを覚えていた。

◇◇◇　肉食獣

同日、放課後。

自席に座るリーゼロッテにフィーネが歩み寄ると、まばらに残っていたクラスメイトたちは焦った様子で去っていった。

それを横目で眺めたフィーネは、ただリーゼロッテに深々と頭を下げる。

「リーゼロッテ様、先ほどはありがとうございました」

「説教をされて礼を言う、だなんて、おかしな子ね」

それを受けたリーゼロッテはふっと鼻で笑いながら、冷たくそう言い放った。

「いえ、さっきのは私が悪かったですし、リーゼロッテ様がいつもその場で指摘してくださるおかげで、私はいつも助けられています」

頭をあげたフィーネが笑顔でそう告げると、リーゼロッテの頬に、さっとわずかに赤みがさした。

気恥ずかしげな表情のリーゼロッテは、もごもごと言い訳めいた言葉を口にする。

「別に、あなたのためじゃなくってよ。私はただ、なにもわかっていないあなたを指導することで、このクラス、ひいてはこの学園の品位を落とさないようにと……」

「つまり、私のことをこのクラスの一員として認めてくださっているということでしょう？　そんなの、リーゼロッテ様くらいですよ」

　この学園においては、家名もないような庶民のフィーネのことなど、路傍の石ころや名もない雑草と思っている生徒が大多数だ。

　表面的な言葉はきつくともそれだけフィーネを気にかけてくれているリーゼロッテの稀有《けう》さとありがたみを、フィーネはひしひしと感じている。

　感謝のまなざしをまっすぐに向けられたリーゼロッテはふいと視線をそらし、ますますその白い頬を紅潮させた。

「ジークヴァルト殿下とて、あなたのことは、気に、かけていらっしゃるかと」

　つんと、すねたような表情でリーゼロッテが指摘した言葉に、フィーネは苦笑を返した。

「あれは……、あのお方は、なんと言うか、国民全員に平等にお優しいでしょう。ただ私が特別かわいそうな子だから、友人と言って保護してくれようとしただけで……」

「最初はそうかもしれません。けれど今では殿下はあなたのことを確かに一目おいていて……」

「まあ確かに強さを認めていただいている気はしますが、女の子としては見てませんよ！　というか、リーゼロッテ様と殿下の恋路の邪魔をするようなバカは少なくともこの学園にはいないと思いますから、安心してください！　お二人が相思相愛でお似合いの婚約者同士だなんて、もうみんなが知っていますから！」

「そ、そうし、だなんて……」

　どこまでも笑顔のフィーネと対照的に、リーゼロッテは次第に恥ずかしげにうつむくばかりだ。

彼女たちのクラスメイトが勝手に想像して勝手に逃げていった、『侯爵令嬢による庶民いじめ』のような、険悪な雰囲気はない。

むしろ、フィーネの方がリーゼロッテをからかっている。

ところがただ二人が揃《そろ》って話しているだけで誤解をされるのか、それとも二人から逃げていったクラスメイトからの誤解に基づく密告でもあったのか。

「なんだ、リーゼ。またフィーネ嬢をいじめているのか？」

ひょいと二人の間に割って入ったバルドゥールは、そんな言葉をリーゼロッテに投げかけた。

「バル……！」

リーゼロッテは自分のいとこをきっと睨《にら》み付けながら低い声で彼の名を呼び、剣呑《けんのん》な空気をかもしつつあったが、フィーネはけらけらと彼の誤解を笑っている。

「いやいや、今は殿下とリーゼロッテ様って相思相愛ですよねって話をしていただけです」

「ああ……、また殿下とのことをのろけていたのか。フィーネ嬢、毎度うちのいとこがすまないな」

生真面目《きまじめ》に頭を下げたバルドゥールに、『庶民をライバル視する侯爵令嬢も変だけど、庶民をむしろ敬うような態度のこの先輩も大概変な人だよな』という思いを抱きながら、フィーネはただ曖昧《あいまい》な愛想笑いを返した。

「なにを言っているの！　の、のろけてなんかいないし、そもそも、相思相愛、だなんて、そんなわけ……！」

バルドゥールとフィーネのやり取りに顔を真っ赤《まか》にさせたリーゼロッテが二人にくってかかったが、バルドゥールはそんな彼女をうっとうしそうにあしらう。

「いやもうお前が昔からひたすらに殿下のことをお慕いしていることは周知の事実だし、殿下は殿下でお前の本性でも見破ったか、最近お前にやたら甘いし……。相思相愛で間違いないだろ？」

「で、殿下はどなたにでもお優しいお方です！　それに、婚約者の私に対する態度がやわらかいのは、きっと義務感のようなもので……」

「まあ、そういう部分もあるかもしれんな。あのお方は、どこまでも【王子】だ。でもはたから見ると、馬鹿馬鹿しいくらいに甘い恋人同士にしか見えないんだよな……」

「な、な、な……‼」

ため息交じりのいとこの言葉に、リーゼロッテは言葉を失ったようにわなないている。

「なんていうか、最近の殿下のリーゼロッテ様を見つめる視線って、かわいい子猫がうっかり爪をたててしまって自分でもやっちゃったーって顔をしているのを微笑《ほほえ》ましげに眺めているライオン、って感じですよね」

「ああ、そんな感じだな」

からかうつもりではなく、先ほどのことを思い出しながらただの事実を指摘した。

そんな様子のフィーネの言葉と、それに淡々と同意したバルドゥールに、とうとうなにも言えなくなったリーゼロッテはその唇を引き結んで涙目で震えることしかできない。

「ほらな。少なくともフィーネ嬢はお前らの邪魔をするなんてことがいかに馬鹿馬鹿しいか知っている。もう変な言いがかりをつけたり謙遜《けんそん》にみせかけたのろけの餌食にするのはやめろ」

そのままぷるぷると震えていたリーゼロッテは、あきれを多分に含んだバルドゥールの言葉にどうしても反論が思い付かなかったか、話題にでたジークヴァルトの自身を見つめる視線でも思い出したか。とにかくなにかが限界を突破したらしい。

「……っ！　し、失礼します‼」

リーゼロッテはただそれだけを悔しそうに言い放つと立ち上がり、最後にキッと二人をにらみつけると、逃げるように教室から去っていった。


「さて、フィーネ嬢、今日はどちらに？　それとも、このまま寮まで送ればいいか？」

自身のいとこを追いかける気はないらしいバルドゥールは、リーゼロッテが去っていったのを見届けると、自分の護衛対象と神から定められた少女フィーネにそう問いかけた。

「や。ちょっと体を動かしたいので、裏山にモンスターでも狩りにいこうかと。校舎からはでますし、バル先輩はついてこなくていいですよ」

「裏山も学園の敷地内だ。俺も護衛として同行しよう」

そう生真面目に宣言し、彼を振り切るようにすたすたと歩き出したフィーネの背中を追いかけて隣に並んだ騎士見習いを、フィーネは複雑そうな表情で見上げた。

体を動かしたいというのは建前で、実際のところは今夜の夕飯のためにモンスターの肉を狩りにいこうとしているフィーネとしては、そんなくだらないことのためにこの先輩にして子爵子息にして王国騎士見習いの男をつれ回すのは本意ではない。

「私、強いですよ？　裏山のモンスター程度なら、余裕ですよ？」

フィーネは彼を見上げ、自分でもなかなか不遜《ふそん》だと思う言葉をあえて口にした。

「知っている。だからこそ、そのバケモノのように強いフィーネ嬢が危機に陥るほどの敵が近いうちにあらわれるという神の予言は、大きな意味をもつ。この国のためにも、この学園の中で貴女《あなた》を一瞬たりとも一人にしたくない」

バケモノとは、レディにむかって失礼な。

真剣な顔で彼が告げた言葉にフィーネは反射的にそう思ったが、自分の異常性はそこそこ自覚していて、実際レディなわけでもレディを目指しているわけでもない彼女はふっとため息をつくと、ただ早足に裏山へと向かっていった。


フィーネとバルドゥールの二人が行動をともにするようになって一ヶ月半。

最初は互いに遠慮のあった関係も、すこし変化してきている。

当初神々の指示を受けたバルドゥールは守るべき対象とされたフィーネに敬語を使い、護衛役の彼をバルもしくはバルドゥールと呼び捨てるように提案した。

対してフィーネは庶民として貴族様にそんなことはできないと猛反発し、結果二人はそれなりに気心は知れつつも、あくまでも先輩と後輩という距離感に落ち着きつつある。

裏山への道すがら、リーゼロッテ・リーフェンシュタール侯爵令嬢が自分をライバル視する理由とバルドゥール・リーフェンシュタール子爵子息が自分を敬うような態度を見せる理由とにあらためて考察を加えていたフィーネは、ふと、ひとつの可能性に思い至った。

「もしや、リーフェンシュタール家のみなさんにとっては、強いイコール偉いなんですか……？」

まさかそんな野生動物のような判断基準を立派な貴族のリーフェンシュタールの皆様が採用しているわけはないだろうと思いながらも、出自すらあやしい自分の誇れるものなど腕っぷししかないと思い込んでいるフィーネは、おそるおそるそう尋ねた。

「当然だろ？」

なんでもないことのようにバルドゥールが肯定し、フィーネはその大きな空色の瞳《ひとみ》をこぼれ落ちそうなほどに見開いている。

「……え、馬鹿なの……？」

それはフィーネが思わず敬語も忘れ、ぽろりと口にしてしまった言葉だった。

彼女はとっさに自分の口を押さえたが、残念ながらその言葉はバルドゥールの耳に届き、あっさりとうなずかれ肯定される。

「もとより武功で成り上がってきた家だからか、うちの一族に頭脳派は少ない。魔法でも剣でもなんでも『気合と根性と感覚でどうにかしろ』とか言うし、直感で生きているというか、あまり深く考えない人間が多いな」

怒った様子もなく淡々とそんなことを告げるバルドゥールを、フィーネは目を瞬かせながら見上げている。

「リーゼは割と頭で考えて魔法もバランスよく取り入れて戦うタイプだし策も弄《ろう》する方だが、あいつの方がリーフェンシュタールとしては珍しいタイプだ」

リーゼロッテが脳筋一族の例に漏れていることにほっと息をついたフィーネを見つめたバルドゥールは、ふいになにかに気がついたように口を開く。

「そういえば、リーゼのやった杖《つえ》は腰にさげていないのか？」

そんな言葉を投げかけられたフィーネは、あらためて自分の服装を眺めている。

彼女は普段どおりの制服に、杖もローブの懐にしまったまま。あまり臨戦態勢とはいえない。

この学園の制服は男子も女子も授業中は校章の入ったローブを纏《まと》うことを義務付けられているが、ローブの下については生徒の裁量に任されている。一応ブレザーに男子はスラックス女子はスカートの標準制服というものがあるが、こちらは義務ではない。

リーゼロッテや大多数の女子生徒はドレスを着ているがフィーネは一見標準制服だ。

経済的に余裕がなく常にローブの下には乗馬服のような運動着を着ていたフィーネに、リーゼロッテが「そのようにみすぼらしい女生徒がいては、我が学園の品位が疑われますから」と言いながら押し付けた衣服が、一見ただの標準制服のようでいてフィーネが人生で触ったこともなかった上等な生地で仕立てられたものだった。夏服冬服三着ずつも投げて寄越《よこ》されて、遠慮しようにもフィーネの体格にぴったりすぎてリーゼロッテが着るには丈と胸囲が足らないそれを、フィーネは日々ありがたく愛用していて、そして今日も着ている。

けれど同じくリーゼロッテからのもらい物の杖については、今は懐に大事にしまっているし、日《ひ》頃《ごろ》あまり活用してもいない。

「いや、その、この杖すごい高そうだし、しまっておこうかな、と。リーゼロッテ様に返却しようにも『あなたが使用した、いわば中古品をこの私に寄越す気ですの？』とかツンデレたことを言われたし、でもきらきらすぎて授業中ならともかく普段から気軽に使うってのはダメかなと思うし、あとさっきリボンとっちゃったからすっぽ抜けそうでこわいし……」

「リーゼが引きさがるわけもないし、普通に使え。道具は使わない方がかわいそうだ」

フィーネの葛藤《かっとう》を、バルドゥールはあっさりと切り捨てた。けれどきっぱりと断言した彼に、なおもフィーネは食い下がる。

「いやでもそもそも私にはあんまり杖が必要ないというか、まあバル先輩に回復とばすときなんかには必要なんでしょうけど……」

少なくとも常に構えている必要はないと続けようとして、フィーネはふと気がついた。

「というか、バル先輩だって杖なんか使ってませんよね？」

フィーネの指摘したとおり、彼の装いはローブに男子の標準制服に腰から剣を下げているだけだ。

彼が杖を構えているところなど、少なくともフィーネは一度もみたことがない。

「ああ、この剣は杖としての機能も兼ね備えているものだからな」

バルドゥールが剣の柄に手を添えながらそう言うと、フィーネは瞳をきらきらと輝かせながらその剣を見つめる。

「へー！　いいなー！　どこで買ったんですか？」

自分も杖の機能をもつナックルないしナイフがほしいと思ったフィーネがそう尋ねたが、バルドゥールはゆっくりと首を振る。

「いや、これはリーフェンシュタールの本家に伝わる家宝だ。俺はあそこの家に婿入りが決まっているし、あの家に息子がいないせいか当主様は俺に甘いから、今から持たせていただいてる」

バルドゥールに、婚約者がいた。

フィーネがこのときはじめて知ったその事実は、面白くないような、けれど自分でもなぜだかはわからないような、そんなもやもやとした感情をフィーネに抱かせた。

「……ふーん」

急激に不機嫌になったフィーネがそれだけを口にすると、バルドゥールは不安げに揺れる瞳でひょいっとフィーネの顔を覗《のぞ》き込む。

「どうか、したか？」

「いえ、ただ、お貴族様は大変だなぁって思っただけです。私みたいな庶民からすると、学生のうちから婚約者とか、理解できない感覚ですから」

そう、ただその文化の違いに、驚いただけ。

そんな言い訳を自分にしながら、フィーネはやっぱり不機嫌に、そんな言葉を口にした。

「俺も理解できない。というか、納得できていない」

憮然《ぶぜん》とした表情で即座にフィーネに同意を示したバルドゥールを、フィーネはきょとんとした表情で見上げた。

「なにか不満があるんですか？　リーゼロッテ様の妹さんなら、きっと美人さんでしょう？」

フィーネがそう尋ねると、彼はいっそう険しい、苦虫《にがむし》を噛《か》み潰《つぶ》したような表情になった。

「まあ、本家の娘たちは確かに顔立ちは綺麗《きれい》だが、小さい頃《ころ》からいっしょに育ったせいか、妹としか見られない。しかも、リーゼのすぐ下の妹は双子で、当主様にはどちらか一人を俺が選べと言われているんだが二人のどっちもが自分を選ばないでくれと泣いて訴えてくるし、さらにその下の末娘は『いざとなったら結婚してあげてもいい』と言ってきているがまだ九歳だし……」

実に嫌そうな、とても自分の婚約者の候補について語る顔ではない表情でがしがしと頭をかきむしりながらそう言葉にする彼を見つめる彼女は、苦笑いを浮かべている。

「まあ、将来的には三人のうちの誰かと結婚せざるを得ないのだろうが、では誰《だれ》とだと考えると……、俗世のことなどかなぐり捨てて、山籠《やまご》もりでもしたくなる」

バルドゥールは、もう目の前に迫った裏山を見上げて、そう言った。

「侯爵位を捨てるほど、ですか」

フィーネがくすくすと笑いながらそう言えば、バルドゥールは憮然とした表情のままうなずく。

「それくらいどうしたらいいのかわからないし、もとより爵位にそれほどのこだわりはない。ただ俺をかわいがって期待してくださっている当主様の期待にこたえたい気持ちはたしかにあって……。本当に、どうしたらいいんだか、なぁ」

なるほど、彼としてもまだそんな風に迷っているし、誰といつまでにと確実に決定した結婚話ではないから、これまでその情報は開示されなかったのかと納得しながら、フィーネはにこりと微笑《ほほえ》んで、目の前の山を指し示す。

「じゃあ、とりあえずストレス解消がてら、さっそくプチ山籠り、しますか？」

美味《おい》しいお肉がとれるまで。とまでは、言葉にせずに。

フィーネがそんな言葉を口にすると、一瞬だけ虚を衝《つ》かれたような表情を浮かべたバルドゥールはにやりと好戦的に笑って、剣の柄に手を添えた。

未来だとか将来だとか家だとか身分だとか、いろんなことを忘れて、ただ今は、獣のように、狩りの高揚感と闘争の愉悦を、楽しもう。

バトルジャンキーな二人は、言葉を交わさずとも自然に同じことを考えて、二人並んで、走り出す。

庶民の少女と、貴族の少年。先ほどまでどこか距離のあった二人は、比翼の鳥のように寄り添って、呼吸を合わせて、モンスターのはびこる学園の裏山を駆け抜けはじめた。


――


この学園の裏山には、【魔】がたまる。

【魔】は鉱物や動植物に長期間触れると、その性質を歪《ゆが》め、凶悪で好戦的なモンスターへと変じさせる、やっかいなモノだ。

モンスターはその凶暴性ゆえにときに人を襲うこともあり、国は魔法を使えるものたちにはモンスターの討伐を推奨している。

この学園の生徒たちにも当然その役割が期待されていて、鍛錬の意味でも狩りは推奨されている。また定期的に全学園生をあげての大掃除が行われているこの裏山には、比較的生まれてすぐの弱いモンスターしかおらず、モンスターといえどその肉はただの肉で食用に問題はない。

よって、この裏山は、フィーネの大のお気に入りだ。

今も彼女はまったく危うげなく、実に楽しげに、走って、殴って、跳んで、殴って、蹴《け》って、殴って、殴って、と、縦横無尽に裏山を駆け抜けている。

「ああ、楽しい‼」

フィーネが感極まったように叫ぶと、彼女の傍らのバルドゥールも愉快げに笑ってうなずいた。

フィーネの卓越した強化魔法で人の限界を軽く超越した動きをしている二人は、その互いの背中を任せるに足る相方のおかげもあってか、実に気持ちよさそうに暴れていた。

「……あれ？　今日は、肉が、いない……？」

けれどフィーネはふとその違和感に気がついて、足を止めた。

二人が先ほどから屠《ほふ》っていたのは大多数が植物系のモンスターで、まれに鉱物系がまざっていた。動物を基にした、自らの意思ですばやく動けるようなモンスターは、一体もなかった。

「ああ……、そうか。おそらく、相当なレベルのモンスターが発生したんだな」

強いモンスターが出現すると、弱いモンスターは強者《つわもの》の活動時間中は巣にこもるか強者のなわばりから撤退するかを選択して、いずれにせよ表には出てこなくなる。

そのことを思い浮かべながらバルドゥールが冷静にそう告げると、フィーネはおびえるどころか、実に嬉《うれ》しげな笑みを浮かべる。

「そんな強いのが生まれちゃったんですか？　それは、ぜひとも狩らなければいけませんよね！」

フィーネの嬉しげな言葉に、バルドゥールもこくりと頷《うなず》き同意を示した。

この裏山はまた近いうちに大掃除をされる予定であるし、モンスターが外に出るのをふせぐ結界に囲まれているので、強いモンスターが発生したからといってそれほど焦る必要性はない。

けれど強いモンスターを討伐すると、国からの褒賞金が出る。また結界があるとはいえあえて放置していいようなものではない。

フィーネは臨時収入への期待から、バルドゥールは騎士としての正義感から、その相当なレベルと推測されるモンスターを、狩ることにした。

「フィーネ嬢！」

臨時収入に思いをはせてぼんやりとしていたフィーネの名をバルドゥールが鋭く叫んだ。

「……え？」

どこかぼんやりとしたままの彼女を庇《かば》うようにバルドゥールが前へと出る。そのまま彼は剣を抜いて構えた。

彼の目線の先には、不気味な赤をその目に宿した灰色のグリズリー。

そしてそれは間合いをはかるようにじりじりと二人のもとへと近づいてきていた。

「いや、あの、邪魔……」

大柄なバルドゥールの背中にすっかり隠されてしまった女性の中でも特に小柄なフィーネは、そう言いながら、彼の広い背中から顔だけを出した。

そうして熊の姿を確認したフィーネは臆《おく》した様子もなくそれに向かっていこうとするが、バルドゥールに片手で押し留められる。

「援護を」

目線はグリズリーに向けたまま、バルドゥールがそんな指示をだした。

フィーネはそんな彼の態度にむっと不満げな表情をしたが、同時になにかに気がつく。

「ちっ……！」

フィーネの舌打ちとほぼ同時に、グリズリーが二人に向かって駆け出した。

もめている余裕はないと判断した彼女は、手早くバルドゥールへと強化魔法をかけていく。

彼の大きな背中に両の手のひらを添えて彼女が祈ると、きらきらと光が踊り、それは彼の足に、腕に、全身に力を与えていった。

――刹那《せつな》、一閃《いっせん》。

目にも見えない速さで踏み込んだバルドゥールが、グリズリーの首をはね飛ばした。

「……バル、先輩」

油断なくグリズリーの絶命を確認する彼の耳に、低い、低い、咎《とが》めるような声音のフィーネの声が届いた。

「なんで、あんなことしたんですか」

フィーネはゆらりとその瞳《ひとみ》に怒りを灯《とも》して彼にそう詰め寄ったが、バルドゥールはふしぎそうに首をかしげている。

「私は、強いです。しかも私は、自分で自分をすぐに回復できます。腕をもがれようと、腹を貫かれようと、私は、絶対に死にません」

ますます怒りの色を苛烈《かれつ》にさせながらフィーネがそう言葉を重ねると、バルドゥールはぎこちなくうなずいた。

わかっているのならば、どうして。

瞬間的にフィーネの心の中はそんな疑問と怒りでいっぱいになった。彼女は感情のままに叫ぶ。

「バル先輩なんて、私より弱いくせに！　バル先輩なんて回復魔法へったくそなんだから、私なんかをかばって、また死んだら、どうするの！」

涙すらもたたえて彼女が叫んだ言葉に、バルドゥールは気落ちしたかのようにうつむいた。

「……？」

自分で叫んでおきながら、先ほどの自分の発言に、フィーネは首をかしげた。

また、だなんて、どうしてそんな単語が出てきたのか、彼女自身不可思議だった。それだけ混乱して動揺していたということかもしれない。

「……たしかに俺は、フィーネ嬢に一度も勝てたことはないし、未来永劫《みらいえいごう》勝てる気もしない」

ぽつり、とうつむいたままのバルドゥールがそんな言葉を口にした。

「だったら……！」

けれどフィーネのそんな言葉は、バルドゥールが顔をあげて、まっすぐに、強い視線でフィーネを射抜いたことで、中断された。

「けれど、それは俺がフィーネ嬢より弱いからじゃない。俺が、フィーネ嬢に、弱いからだ」

堂々と、まっすぐに、力強く断言されたその言葉に、フィーネはぽかんとほうけている。

「まあ、回復魔法が不得手なのは自分でもどうかと思うし、そこは今後の課題だが……」

「や、それはまあ、いいんですけど。弱点は自覚してさえいれば仲間に頼ることもできますから。だから、それは、今は一旦《いったん》おいときましょう。今、バル先輩はなんだか変なことを言いましたね？……私、【に】、弱い？」

聞き間違いだろうかと首をかしげながら先ほどの発言を問いただすフィーネにあわせるように首をかしげたバルドゥールは、当たり前のような表情で口を開く。

「ああ。俺は、特別貴女だけに弱いんだ。というか、フィーネ嬢のような、この上なく可憐《かれん》な少女に、ためらいなく剣をむけられる人類が、この世にいるのか？」

そのとんでもない口説き文句のようなものを聞かされたフィーネは恥ずかしさのあまり彼をぶん殴って黙らせたくなった。が、ぐっとこらえて、反論する。

彼女にとってはあまり思い出したくはない、この学園に入学する直前の事件を、持ち出してまで。

「なにを、言ってるんですか！　可憐、とかそんな……！　っていうか、私を殺そうとした人なんて、私にためらいなく剣をむけた人間なんて、何人もいましたよ！」

「そいつは鬼か悪魔だ。すくなくとも俺には無理だ」

「……っ！　す、姿かたちなんかに惑わされていては、騎士失格じゃないですか？」

「姿かたち、というか、まあ、フィーネ嬢だからだな。フィーネ嬢と同程度の愛らしい姿の少女でも、フィーネ嬢でさえなければ、俺は必要とあればためらいなく切れる」

ここでついに、フィーネの羞恥心《しゅうちしん》が限界に達した。

あ、これなにを言ってもムダだ。

そう理解したフィーネはその顔を両手で覆ってうつむいた。

それにもかかわらず、バルドゥールは淡々と真顔のまま、更なるほめ殺しを続ける。

「……いや、でもよく考えると、フィーネ嬢ほど愛らしい人類など、この世に存在しない気がする」

やめて。もう、黙って。

あまりのいたたまれなさにフィーネはそう心の中で叫ぶが、バルドゥールは口説いている自覚などないのか、いたってまじめな表情のままで、淡々と続ける。

「だから、まあつまり、フィーネ嬢は俺の唯一の弱点で、他の生き物に対しては、俺だってそこまで弱くもない。安心して、守られてくれ」

「…………はい」

淡々と褒め殺され尽くしたフィーネは、小さな小さな声でそうこたえることしかできなかった。

数秒間、しん、と、なんともいえない静寂が広がる。

その変に生ぬるいような沈黙に先に耐えられなくなったのは、フィーネだった。

婚約者のいる身でありながらフィーネを口説くような言葉を口にしたバルドゥールへの怒りと、あっさりと丸め込まれてしまった彼女自身への嘆きをありったけこめながら、彼女は叫ぶ。

「ああ、もう！　バル先輩のくせに！　バル先輩のくせにぃぃ‼」

そのままフィーネはその場から逃げるように駆け出した。

彼女は、『肉！』とか、『討伐証明に一部だけでも持ってこなきゃ』とか、『いや倒したのバル先輩だから私は関係ない？』とか、色々思うことはあったが、今はなによりも最優先に、この妙に甘ったるい空気になった気がする空間から、逃げ出したかった。

「なるほど、リーゼロッテ様はこんないたたまれなさのあまり、日々一生懸命ツンツンしてるのか……！」

そんな彼女の涙交じりの独白は、彼女の背中を数秒遅れで追いかけてきたバルドゥールの耳には、届かなかったようだ。

第4章　百点満点のツンデレ

「リーゼロッテ・リーフェンシュタール侯爵令嬢様が、あの庶民の女子生徒を中庭でいじめているから、助けてあげてください……！」

そんなあり得ないことを真剣に訴えられたとき、どういった反応をするのが正解だったのだろう。

それは私の婚約者への侮辱だと憤るか、私の婚約者は誤解されやすいのだがとてもかわいい良い子なんだとのろけるか、はたまたいじめだなんて大変なことだと顔色を変えるか。

まあ、気の弱そうな女生徒が震えながら訴えてきたので、私はいつもの通り適当に微笑《ほほえ》んだまま「わかった。教えてくれてありがとう」と言うことしかできなかったのだが。

けれど、誤解を受けやすい私の婚約者のことをもっと擁護することができたのではないかという後悔は、たしかにある。

先日フィーネがあまりリーゼロッテのことをおそれていないことが判明したが、もっと他の生徒たちにもリーゼロッテのかわいさをどうにか伝えていくことはできないだろうか。

そんなことをつらつらと考えながら中庭へと到着した私は、そんな誤解されやすいリーゼロッテの姿を探す。

「フィーネさんは、今は職員寮に住んでいらっしゃるのよね？」

「リーゼロッテの質問が回りくどすぎて、もはや我々にも意味がわからない……！」

「本当はなにか訊《き》きたいことがあるようなのですが、貴族特有なのかリーゼロッテが特殊なのか、関係のなさそうな質問を次から次へと重ねていて、もはや尋問の様相を呈してきています」

中庭のベンチにリーゼロッテとフィーネが並んで座り、リーゼロッテからなにか質問を重ねているようだ。

神々の声とフィーネの首が右斜め四五度に曲がりっぱなしの様子から察するに、質問があまりにも曖昧《あいまい》かつ量が多過ぎるらしい。

「ええと、はい。寮に、住まわせてもらってますけど……」

この学園の生徒は基本的に貴族の子女ばかりだ。そしてこの国の貴族は各々の領地の本邸とは別に王都に別邸を持っているのが常だ。

よってこの王都の郊外にある学園へは、たった一人の例外を除いて、生徒はみな自宅から通学している。

そのたった一人の例外が、フィーネだ。彼女はたしかに職員寮に住んでいる。

しかし今更そんな事実を確かめて、リーゼロッテはなにがしたいのだろう。

「その、職員寮は、………ごはんが出るわね？」

「なにか言いかけてやめましたね。さっきからこのパターンがやたらに多いです」

コバヤシ様のご指摘の通り、リーゼロッテは本当に訊きたいことを訊けずに困っているような様子でフィーネに問うた。

「はい！　おいしいです！　でも予算のせいかみなさん大人の女性だからか、夕飯にお肉があんまりでないので、それだけは自分で用意してます！」

「リーゼロッテが訊きたいのはたぶんそういうことではない……！」

「フィーネちゃんが住んでいるのは女性寮。しかも学園の性質上教職員には上品な方が多い。なるほど育ち盛りかつ武闘派の彼女には物足りない食事が出そうな感じはしますね」

フィーネは元気いっぱいこたえたが、リーゼロッテは非常にもどかしげにまごまごと身悶《みもだ》えしている。エンドー様のおっしゃった通りなのであろう。

「リーゼロッテ、どうかしたのかい？」

いいかげん黙って見ているのもどうかと思いそう声をかけたら、リーゼロッテとフィーネが同時に弾《はじ》かれたように振り向き、そして二人ともがそろって安堵《あんど》したような笑みを浮かべた。

「ああ、殿下、その……」

嬉《うれ》しげな表情を浮かべたものの、私にも言いづらいことを尋ねたいらしいリーゼロッテは、なおも口ごもる。

「職員寮のごはんの話だっけ？　ああ、そういえばフィーネ嬢、君は夏休みの間どうするの？　あそこの食堂も夏休みに入るよね？」

学園の夏季休暇はもう一週間後に迫っている。

約一ヶ月ある生徒の夏季休暇中も職員は仕事をしているが、間の丸々一週間ほどは職員も寮も夏休みに入るはずだ。

「……！」

なにげなく訊いただけのことだったが、リーゼロッテの表情が露骨に嬉しげなものに変わった。

「なるほどリーゼロッテはフィーネが夏休みをどう過ごすのか心配していたようだ！」

「ゲームだと攻略対象の誰かと旅行に行ったりしてましたが……、未婚の男女がそうすることは、そちらの世界の倫理観からは外れている気がします」

コバヤシ様の言葉に、私は思わず顔をしかめた。

たしかに未婚の男女がともに旅行など、倫理的に問題がある。

「ああ、夏休みですか。ママ……、失礼しました。母が現在住んでいる場所を見つけ出すことができればそちらに、それが無理なら寮で自炊して過ごしますよ」

リーゼロッテに問われたフィーネはなんでもないことのようにそう告げたが、大いに問題だ。

フィーネは母子家庭だったはず。その母親を見つけ出すことができないかもしれないとは、中々由々しき事態なのではないだろうか。

私は思わず一歩踏み出し、そしてフィーネに問いかける。

「フィーネ嬢、それはいったい、どういうことだ」

「いやなんか、うちの母、むかし都のものすごく偉いお貴族様をものすごく怒らせたことがあるとかで、命を狙《ねら》われているんですよね」

私は真剣に尋ねたが、フィーネはさして気にした風もなく軽くそうこたえた。

「おかげで私も殺されかけたし、小さいときから月イチペースで引っ越ししていたし、離れて暮らす今は娘の私にすら居場所は教えてくれないし、本当、うちの母は、なにをやらかしちゃったんでしょうねぇ？」

そう言ってフィーネはクスクスと笑うが、笑い事ではないと思う。

「まあたぶん、私が魔法を使えることから、私の父親が貴族とかなんだろうなぁ、とは、思うのですが。同時に父は私が生まれる前に死んだとも聴かされていて、『え、つまりパパは私ができてから生まれるまでの期間中に死んだということ？　まさか妊娠に関してもめたりしてママが殺したの？　痴情のもつれ？　それで遺族に命狙われてるの？』とは、さすがに訊けてないんですけど……」

次第に視線を泳がせながらフィーネが続けた言葉に、私もリーゼロッテも言葉を失った。

なんて物騒かつ重たい推測なんだ。

その実際のところは知りたいような、知りたくないような。

「いえ、フィーネちゃんの推測は外れています。真実は実に平和的なものです」

よかった。コバヤシ様のその言葉に、私は静かに胸《むね》を撫《な》で下ろす。

「ま、まあお母様のことはともかくとして！　フィーネさん、寮にあなた一人きりで残るだなんて、物騒ではなくて？　いくら強くとも、フィーネさんは女で子どもですのよ？」

非常に険しい顔でリーゼロッテが告げた言葉に、そう言われればそうだと思い至る。

フィーネの母親の話がインパクトが強すぎて忘れていたが、そもそも食事の問題だけではない。

まだ一五歳の彼女は保護されるべき存在だ。

夏休みに入り警備も薄くなる学園に残されるだなんて、あってはならない。

王宮の客間はいくらでもあるし、うちで保護をするべきだろうか。

いや、仮にも男の私がそんなことを言い出せば、フィーネの外聞が悪くなるか……？

「なぜリーゼロッテはこんなにも険しい表情をしているんだ……？」

「フィーネちゃんの状態に顔をしかめているというのもありますが、まあ、ツンデレだからでしょうね。つまりリゼたんは、フィーネちゃんを自分のところで保護したいのに、うまく言い出せないのかなーと推測します」

どうしたものかと考える私の耳に、そんな神々のやりとりが聴こえてきた。

ああ、なるほど。

「それならばリーゼロッテ、君の家でフィーネ嬢を保護してはくれないかな？」

私がそう提案をすると、わずかに、ほんのわずかに、リーゼロッテの口角があがった。

「ま、まあそうですわね！　私は夏季休暇中は領地に帰る予定なのですが、あちらの本邸には妹が三人もおりますから一人増えたところで大した違いはございませんし⁉　リーフェンシュタールは誇り高き軍人の家系ですから、たとえフィーネさんのお母様の関係でトラブルが起きようと軽く対処することができますし⁉　それにフィーネさんには立ち振る舞いなど私から学ぶべきこともたくさんあると思いますから‼　我が家以上にふさわしい家など、そうはありませんものね？　まあ、殿下がそうまでおっしゃるのであれば、……お引き受け、しても、かまいませんわよ」

「嬉しさを隠しきれないリーゼロッテのマシンガントーク！　上から目線のツンな物言い程度で、その口元のニヤニヤはごまかせないぞ、リーゼロッテ!!」

「はしゃぎすぎたことに気がついて段々トーンダウンするところまで含めて百点満点のツンデレですね」

お二方のおっしゃった通りだ。

私は無言で天を仰いだ。私の婚約者がかわいすぎてつらい。

「いいえ、そんな、そこまでご迷惑をおかけするわけには……」

フィーネは恐縮した様子で首を振ってそう言った。

「ふん、一人増えたところで影響はないと言っているでしょう？　それともなにかしら、あなたはリーフェンシュタール侯爵家を侮っているのかしら。我が家はほんの一ヶ月面倒を見る少女が増えたところで傾くような、頼りない家だと？」

リーゼロッテは半眼になりながらそう言ったが、これまでに服だの杖《つえ》だのなんだのかんだのとリーゼロッテがフィーネにツンデレながらプレゼントした品々はちょっとどうかと思うくらい多い。

婚約者の私にもそんなに色々考えてプレゼントなどしてくれていない気がするくらい、多い。

フィーネがそろそろいいかげんに遠慮したくなる気持ちも、わからなくはない。

期間も寮が閉まる一週間だけではなく一ヶ月丸々に、いつの間にか変わっているし。

「フィーネママの平和的な真実を知る糸口は、リーフェンシュタール家にありますし、これはなんとしてもリゼたんに勝ってもらわなければいけません」

コバヤシ様はそうおっしゃった。

リーゼロッテがここまで友人であるフィーネと夏休みを過ごすことを楽しみにしているだけではなく、更なる意味があるのならば、これはもう、私がどうにかしなければいけないだろう。

「フィーネ嬢、リーフェンシュタール領には、海がある。おいしい海鮮料理が食べられるよ」

「夏休みの間、お世話になります。リーゼロッテ様」

私がほんの冗談で告げた言葉で、フィーネはあっさりと遠慮をかなぐり捨てた。

即座に頭までさげてそう言ったフィーネに、リーゼロッテは、あきれたような、でも嬉しげな、笑顔を浮かべた。


――――


そのまま夏休みの予定を詰めていたフィーネとリーゼロッテだったが、バルドゥールがフィーネを迎えに来たことによって二人の打ち合わせは中断された。

「長くなりそうですし、また後日にしましょう」というリーゼロッテの言葉を受けたフィーネたちが去っていくのを見るともなしに見ていたら、私の傍らのリーゼロッテがふいに尋ねてきた。

「そういえば、殿下は夏休みの間、どのように過ごされますの?」

「私は……、例年通り各地を視察して回ることになる、かなぁ……。私も来年にはこの学園を卒業して、いよいよ成年王族として本格的に政務に関わっていくし。今から少しずつ色々なことに慣れておくべきだ、なんて、父には言われているから」

父の手によってもうすっかりぎちぎちに詰め込まれてそうな自身のスケジュールに憂鬱《ゆううつ》な気分になりながらそう言えば、リーゼロッテはすねているような、面白くなさそうな表情で口を開く。

「あら、休暇の際には休養をとることも大切かと思いますわよ？」

「それもそう、なんだけどね……」

ところがむしろ王である父が休養をとるために、私にいくつかの仕事を押し付けてくるのだ。

私だって本当はかわいい婚約者を王城に招いてゆっくりと交流を深める時間くらいほしい。

けれどそんな浮かれたことをしようとすれば確実に父の邪魔がはいるだろうし、かといって父とどう交渉したものかわからない私は、言葉をにごした。

「学生のうちに同年代のものたちとふれあい、交流を深めることも重要かと。逆に大人たちから学ぶことは卒業後であっても可能です。今でしかできないということも、あるでしょう」

続けられたリーゼロッテの主張に、私は私の友人の誘いを思い出した。

「たしかに、そうだよね。アルが『そんなんサボって旅行行こうぜ！　卒業旅行！』とか悪魔的な誘いをかけてきているのだけれど、それにのったほうがいいのかな？　あいつと旅行、なんて、卒業したら難しいだろうし……」

先ほどのコバヤシ様のお言葉から、一瞬だけリーゼロッテと旅行、というのも考えた。

だがそれはやはり現実的でない。

アルとの旅の目的地をリーフェンシュタール領にすれば、せめて彼女の顔を見ることくらいならば叶《かな》うかもしれない。

そんな案の浮かんだ私の耳に、焦ったような女神のお声が響く。

「じ、ジーク、たぶんそういうことじゃない……、というかリゼたん怒ってますよ！」

「アルトゥル・リヒター伯爵子息様……、ですか……」

リーゼロッテが、低い、地を這《は》うように低い、怒りを孕《はら》んだ声でそう言うと、場の気温が、わずかに下がった気がした。

「リーゼロッテの瞳《ひとみ》に嫉妬《しっと》の炎が灯《とも》っている……!!」

「リゼたんは夏休み中ジークに会えないのがさびしいんですよねー。あと実はリゼたん、ジークと仲良しなアルに日ごろけっこう嫉妬してます」

尋常ならざるリーゼロッテの様子と神々の声に危機感を抱いた私は、とっさに先ほどまで考えていたことを口に出す。

「そう、アルなら父も強くでられないからね。だから彼を言い訳につかわせてもらって、君のいるリーフェンシュタール領に旅行に行こうかなって。長らく君に会えないのは、さびしいから」

そんな本音を口にすることはすこし恥ずかしかったが、それを聴いたリーゼロッテがぱっと嬉しげな表情にかわってくれたので、私はひっそりと胸をなでおろす。

気持ち悪い、とか、重い、とか、思われなかったようでよかった。

「ま、まあ、そうですわね！　わが領は規模も大きくいくつか観光地も抱えてますし、旅行先には最適です！　いえ、むしろ殿下のご視察先としてもふさわしいかと！」

ハニーブロンドの毛先を指でくるくるしながら、リーゼロッテはそう言った。口角があがるのをこらえているかのような口元がかわいい。

「ん、や、リーフェンシュタール領は視察の必要がないんだよね。優秀だし、信頼がおけるし」

私がその事実を告げると、リーゼロッテはくるくるをぴたりと止《や》めて、きりりとした表情を私にむけ、真剣な声音で語りだす。

「我が家を手放しで信頼をするのは、どうかと思いますわ。父などは、侯爵位にありながら将軍職まで賜っておる身です。王家に反逆の意思がないかよくよく監視しておかないといけない存在かと」

「王家に反逆の意思があったら、大事な長女の君を私の婚約者になんてさしださないよ……」

私がそう指摘しても、当のリーゼロッテはきりりとした表情のまま首を振る。

「そう思わせる作戦かもしれません。怪しい部分がないか隅から隅までその目でご確認すべきかと」

「うん、ないから。さすがにないから。将軍の人となりは父も私もよくわかっているし、彼は誰《だれ》の目から見ても忠義の人だから」

どうにかリーゼロッテをなだめようとする私の耳に、面白がっているような神々の声が届く。

「殿下と会うためならば実父すらもこきおろすかリーゼロッテ！　さすが恋する乙女はなりふりかまわない！」

「理屈はめちゃくちゃですが、とにかくジークと会いたいしジークにはできるだけ長期間リーフェンシュタール領に滞在してほしいという情熱だけは伝わってきますね！」

やはりそうですよね。ああ、暴走気味のリーゼロッテもかわいい。

たまらなくなった私はふっとため息を吐きながら笑みを浮かべ、リーゼロッテとの距離を詰める。

そのまま彼女が先ほどもてあそんでいたせいで乱れている髪の毛先をそっと掬《すく》い上《あ》げた。

「あ……」

そんな声を漏らしたきり、彼女は沈黙した。

私は私の本心を、まっすぐに伝える。

「視察とか仕事とかそんなのは抜きにして、ただ君に会いたいから、会いに行くよ、リーゼロッテ」

「リーゼロッテの髪を手櫛《てぐし》で整えつつ、至近距離からの王子様スマイル！　からのその言葉！　これは破壊力が高い……！」

「キザ！　キザすぎる！　でもさすがはジーク、絵になってますねー！」

神々は私の言動をそう評した。

私が思わず少し不安になってちらりとリーゼロッテの表情を窺《うかが》うと、彼女は顔を真《ま》っ赤《か》にして、目をそらしている。

「べつに、そんな、ご無理はなさらずとも……」

しおらしくトーンダウンしてもごもごとそう口にしたリーゼロッテが、あまりにもかわいかったので。

なにをどうしてでもなんとか時間を捻出《ねんしゅつ》して、なんならアルにすべての罪をなすりつけてでも、絶対に彼女に会いに行こう。

私はそう、決意した。

◇◇◇　リーフェンシュタール一族

夏休みが始まって、二週間。

フィーネはリーフェンシュタールの城で、快適すぎてかえって恐縮してしまうようなそこでの生活に順応しつつあった。

【お友だちのおうちにお泊まり】気分でこちらに来た当初はその広大さと重厚さ、なによりそこここにいる使用人たちに目を白黒させていたフィーネだが、リーゼロッテがあれこれと世話をやくうちに少なくともおびえはしなくなってきている。

まだリーゼロッテのように、当たり前のようにそこでくつろぎなんでもないことのように数多《あまた》の使用人たちにかしずかれるという境地には、根が庶民の彼女は到達していないけれど。

ところがそんなフィーネをあえて立派な淑女に育て上げてみたくなったのか、数日前からリーゼロッテがフィーネの淑女教育を始めた。

「わが家の客人であれば、お茶会くらいは参加できるようになっていただきませんと困りますから」

そんな言葉ではじめられたリーゼロッテの指導は、丁寧で、厳しいながらもあたたかいものだ。

また生粋の貴族令嬢で将来の王妃としての教育を受けているリーゼロッテはこれ以上ないほどの

理想的な手本だった。

けれど、リーゼロッテが理想的すぎて、完璧《かんぺき》すぎて、フィーネの未熟さが目立つ。

だから、彼女は指導を受けるたびに、すこしだけ憂鬱な気分になってしまう。

今も。リーフェンシュタール城の広大な庭の、薔薇《ばら》園の見渡せる東屋《あずまや》で、二人の少女は少しの緊張感を持ってティータイムを楽しんでいた。

「フィーネさんも、まあまあ見られる振る舞いになってきましたわね」

ふとリーゼロッテがそう言いながら優雅に微笑《ほほえ》むと、フィーネはそのなにげないリーゼロッテの仕草に目を奪われて、ため息を吐《つ》いた。

「いえ、まだまだ、ですよ」

そう言った瞬間、気落ちしたフィーネの背筋が少し、曲がってしまった。

リーゼロッテの視線がぴくりと反応したことでフィーネはそれを自覚し、慌てて、けれど慌てていることなど感じさせないように神経を張り巡らせながら、背筋を伸ばす。

「はい、よろしい。……けれど本当に、フィーネさんは飲み込みがはやい方かと思いますわよ?」

リーゼロッテのその言葉に照れくさそうに笑ったフィーネは、謙遜《けんそん》する。

「小さいときに、母に【お姫様ごっこの日】っていうのを週一でやらされていたんです。まず母がお姫様ごっこをして、私もそれを真似《まね》したりそれに合わせたりする、っていう遊びで。リーゼロッテ様の振る舞いって、お姫様ごっこの日の母のそれに近いなと気がついたので、昔仕込まれたあれこれを思い出して、それで、どうにか……」

お姫様らしくない振る舞いをするとポイントを減らされ、お姫様らしく振る舞うとポイントが加算され、結果のいかんによって夕飯のグレードがかわる、【お姫様ごっこの日】。

持ち前の食い意地ゆえにフィーネがその遊びを極め、母に「もう十分かな」と言われて廃止された特別な日の記憶が、フィーネの役にたったようだ。

「ああ、下地がありましたの。いいお母様なのね。でもそれにしたって、うちの妹たちに比べれば、だいぶ、とても、かなり、優秀な生徒だわ。特に、素直なところがステキ。……まったく、三人もいるのだから、一人くらいはあなたのように素直な子がいてくれたら、よかったのに……」

深いため息とともにそういったリーゼロッテの眉間《みけん》には、深い皺《しわ》が刻まれていた。

本来フィーネといっしょにリーゼロッテの指導を受けるはずだった三人の少女は、今この場にいない。今日はそろって逃亡に成功したようだ。

「アデリナ様とカトリナ様はまだ一二歳で、その更に下のツェツィーリエ様なんてまだ九歳じゃないですか。それだけ幼いと、遊び優先でも仕方ないかと」

フィーネが苦笑しながらそうフォローしても、リーゼロッテの表情は晴れなかった。今日は一人も捕獲することができなかったことが悔しいらしい。

「あ」

ふいにフィーネは、今日は珍しく三人の少女たちが全員逃げおおせていることに、バルドゥールの婚約者候補が誰一人としてこの場にいないことに気がつき、思わずそんな声をあげていた。

ふしぎそうに首をかしげたリーゼロッテに、フィーネは思い切って打ち明け話をすることにする。

「そういえば、なんですが……」

フィーネは学園でもどうしたものかと悩んでいた、この城に滞在し、おてんばな少女たちと実際に知り合ってからは更に悩みはじめたことを、リーゼロッテに相談してみることにした。


――――


先日フィーネとバルドゥールの間であった告白まがい事件、フィーネは自分の立場を自覚しているがさすがにあそこまで言われてしまうと困ること、仮にも婚約者がいるというのにあまりに軽率なのではないかと思うこと、すべて。

洗いざらいをフィーネがぶちまけると、リーゼロッテは額を押さえ、けわしい顔立ちのまま固まってしまった。

フィーネの気まずげな視線の先で、やがてリーゼロッテが深く、重く、長いため息を吐《つ》く。

それから実に苦々しげな表情で、リーゼロッテは口を開いた。

「ごめんなさい……。バルは剣の腕はいいんだけれど、頭はものすごく悪いの」

はっきりと断言された言葉に、フィーネは否定とも肯定ともとれる曖昧《あいまい》な笑みを浮かべて、目をそらした。リーゼロッテはこめかみを押さえながら言葉を続ける。

「たぶん、自分がフィーネさんに恋をしていることも、熱烈に口説いてしまっていることも、自覚すらしていないわ……」

「ですよねー……」

少女二人のため息が重なった。

「なんだこいつ口説いてるのか⁉　って最初は思ったんですけど、それにしてはあまりにも淡々としていたし、照れも動揺もしてないし、もしやバル先輩はただ客観的事実を言っているだけのつもり……、なんですかねやっぱり」

心底困ったような表情で、フィーネは尋ねた。

バルドゥールと兄妹《きょうだい》のように育ち彼のことをよく理解しているリーゼロッテは、ふっと乾いた笑いを浮かべ、うなずく。

「残念ながらそういうことね。バルは本気も本気でフィーネさんは誰《だれ》の目から見ても世界一かわいいんだから勝てなくても仕方ないと思っているに違いないわ……」

「それ主観オブ主観だから……！　惚《ほ》れた欲目ってやつだから……‼」

リーゼロッテの言葉に文字通り頭を抱えたフィーネは、耳まで赤くしながらそう叫んだ。

その身悶《みもだ》え方は品があるとはいえないが、リーゼロッテはそれを指摘することも忘れ、ただここにはいないいとこに対する怒りをその紫水晶の瞳《ひとみ》にたたえ腹立たしげに吐き捨てる。

「昔からそうなのよバルは。自分まで含めた人間の感情の機微に疎《うと》いというか、本能で生きているというか……、要するに、頭が悪いの」

「え、それ危なくないですか？　そんなんで侯爵家の跡取りって大丈夫なんですか？」

思わず、といった様子でそう言ってしまってから、フィーネはぱっと自分の口を押さえた。

いくらなんでも失礼だったかもしれないと焦る彼女だったが、リーゼロッテは気にした風でもなく軽くうなずいて返す。

「うちは昔からみんな脳みそまで筋肉な家系だから、優秀な補佐の人間が代々面倒を見てくれているの。それにバルも含めてみんな人の悪意には敏感だから、なんとかなっちゃうのよね。ただ人の悪意を感じとる能力も剣士の勘というか野性の勘というか要するに頭で考えているわけではないといった感じで、まあ、つまり、……本当にごめんなさい。ご迷惑をおかけしてるわ」

リーゼロッテの頭まで下げての謝罪に、フィーネは焦った様子で首を振る。

「いや、大丈夫です！　私、自分の分はわきまえているので、真に受けたりしませんから！　ただ、その、リーゼロッテ様の方から『婚約者がいるのによその女を口説くような真似はするな』と、釘《くぎ》をさしていただきたいなぁ、なんて……」

へらりと弱々しい笑みを浮かべながらフィーネがそう言うと、リーゼロッテはすっと頭をあげ、ぴしりと背筋を伸ばし、力強い眼差《まなざ》しをフィーネに向けて、こくりとひとつ、うなずいた。

「ボコボコにするわ」

「……あ、ありがとうございます？」

そのリーゼロッテの力強い様子に軽く怯《おび》えながら、フィーネは感謝を伝えた。

「あ、あの、ボコボコって、精神的にって話、ですよね……？」

思わずバルドゥールの身の安全が不安になったフィーネがそう尋ねても、リーゼロッテはただふわりと優雅に、煙《けむ》に巻くような笑顔を浮かべるだけだった。

思わず頭の中で他人を回復させる手順をおさらいするフィーネの耳に、リーゼロッテの物憂げなため息が届く。

「ただ、あいつ、ちょっとだけフィーネさんへの気持ち、自覚しはじめているのかもしれないわ」

リーゼロッテのその発言に、フィーネは驚愕《きょうがく》を顔に浮かべ、言葉を失い、固まった。

「バル、夏休みに入ってすぐに、王宮でいっしょになったうちの父に剣を返そうとしたらしいの。本家の当主となることが確定しているわけでもないのに、やっぱりこれは受け取れないって。バルのことを溺愛《できあい》している父が泣いて止めて無理矢理持って帰らせたそうなのだけれど、あいつ、平民にでもくだるつもりなのかしらね……？」

リーゼロッテがアンニュイな表情で語った言葉は、フィーネにとって、衝撃的なものだった。

フィーネは反論を声にだそうとして、はりついて、口がからからに渇いていることに気がついて、震える手を伸ばし、ゆっくりと目の前の紅茶を飲む。

「それ、は、ダメ、でしょう」

フィーネは紅茶でのどをうるおしてからぎこちなくなんとかそう絞り出した。けれど、リーゼロッテはどうとも思っていなそうな表情で首をかしげる。

「さあ、どうかしら……？　バルは長男だけど、弟が二人と妹が一人いるし。なんらかのスキャンダル、たとえば婚約者を捨てて平民の女の子に入れ込んでしまった、とかの醜聞があれば、リーフエンシュタールから勘当されて追い出されるでしょうね。うちの妹たちとの婚約だって、まあ将来的には、くらいのほんの口約束の段階だし」

「ま、待ってください！　私は嫌です、そんなの！　爵位……は、まあいいにしても、実家のご家族とか全部捨ててこっちに来られても、重すぎるし、悲しいです‼」

フィーネが焦った様子でそう主張しても、バルドゥール、というよりも思い込んだら一直線なリーフェンシュタール一族の性質を熟知していて、そして彼女自身もその性質からそれずにただまっすぐに一人の人物に恋をしているリーゼロッテは、曖昧な態度を返す。

「そう、よねぇ……」

それだけを言うと、リーゼロッテはふっと中空を見上げ、何かを考え込んでいる。

説得を続けなければと思いながらもどうにも言葉が出てこないフィーネは、自分を落ち着けようともう一度紅茶を口に含んだが、味はわからなくなっていた。

しばらく、場を沈黙が支配した。

「まあ、わかりました。バルには私から言っておきます」

ぽつりと告げられたリーゼロッテの決意に、フィーネはぱっと嬉《うれ》しげに顔をあげた。

「ただ、……可能性のはなし、なんだけれども」

フィーネとは視線を合わせないままで、非常に気まずげに、リーゼロッテは言葉を続ける。

「その、私がそう言った結果、バルが『やはり自分はフィーネ嬢に恋をしているのか』と自覚して、迷いなくリーフェンシュタールからの勘当を選ぶ可能性が、ある、というか、高い、と、思うわ」

その言葉に首をかしげながら、フィーネは真顔で問いかける。

「……私と、実際付き合ってるわけでもなんでもないのに？」

恋人同士ならまだしも、彼と彼女は現状ただの先輩後輩でしかない。

勘当される必要もなければ、勘当されて後二人の関係が進展しない可能性だってある。

バルドゥールがリーフェンシュタールからの勘当を選択する理由はないはずだ。

そんな風に考えたフィーネに、ゆっくりと、おさない子どもに言い含めるようにリーゼロッテは語りかける。

「バルは、バルドゥール・リーフェンシュタールは、本気であなたを口説く前に身辺整理くらいのことは、やってしまう男よ。その結果、爵位も、家族も、うちの妹の誰かも、剣も、騎士の職位も、フィーネさんですらも、なにひとつとして手にできなくても後悔はしないと、本気で考えるようなやつなの」

リーゼロッテはまっすぐフィーネを見つめながら、そう断言した。その瞳に確信とバルドゥールへの信頼とが籠《こ》もっているのを見てとったフィーネは、じわりとその瞳を涙で濡《ぬ》らす。

「そんな、そんなの、ダメ、じゃ、ないですか」

「駄目なのよ。あいつは、そんな風に、駄目なやつなの。だからうちの双子は、『バル兄に政略結婚なんかできるわけないじゃん！　そんな器用じゃないってあいつ！　婚約破棄とかまっぴらだし、私たちはぜっっっっったいバル兄と婚約とか嫌だから！』と二人そろって泣いて訴えているの。アレが駄目なのは、それくらい元々で、今更なことなのよ……」

とうとうアレ呼ばわりになってしまった、リーゼロッテの中でそこまで株が下がっているらしいバルドゥールのことは、そのまっすぐな性質は、フィーネは嫌いではない。

けれど嫌いではないからこそ、彼女は心の底から困っていた。

どうしたら彼がそんな不幸に喜んでつっこんでいくようなことを止められるのかがわからなくて、今にも泣きそうなくらい、困っていた。

「じゃあ、じゃあ、私は、どうしたら、いいんですか……」

フィーネが震える声でそう尋ねると、リーゼロッテは笑顔でこたえる。

「二人で平民としてしあわせに結婚して、しあわせに暮らしてくれないかしら」

その言葉に、フィーネは間髪いれずに首を振る。

「無理です。そうなったら、私は一生バル先輩にすてさせたもののことを、後悔します。単純にしあわせになんて、なれる気がしません」

フィーネがそう断言すると、リーゼロッテはアンニュイな表情に戻って、ため息を吐《つ》いた。

「それはそう、よねぇ……。本当に、どうしましょうかしら？　……ねえ、フィーネさん、実はあなた、うちのお父様の落《お》とし胤《だね》だったりしない？」

そうであればフィーネをリーフェンシュタール侯爵家の娘として認知して、バルドゥールと結婚させればいい。

これだけ素直な妹がひとりくらいは欲しかったところだし、そうだったらいいのに。

そんなリーゼロッテの勝手な期待は、フィーネに涙目で拒絶される。

「しませんよ！　ていうか、だとしたら、私たちの誕生日的に妊娠中の浮気じゃないですか！　そんなん事実だったらめっちゃ泥沼になりますよ‼」

そう叫んだフィーネと、両親の様子からいってあり得ない想像を本気で期待してしまった程度には思い悩んでいるリーゼロッテは、目と目を見合わせ、同時にため息をこぼした。

第5章　兄弟姉妹

あ、今ならリーゼロッテに会いに行ける。

夏休みに入って、二週間と少し。

私は地方を視察中に偶然が重なり、先三日間の予定がぽっかりと白紙になった。

しかも現在地がリーフェンシュタール領まで半日足らずで行ける距離であるという事実に気がついた私は、急遽《きゅうきょ》予定を変更し、リーゼロッテに会いに行くことを決めた。

すぐに『明日、そちらを訪問させてほしい。以前君と話したとおり、公的なものではなく、私個人がプライベートでそちらに遊びに行くことを許可してくれないだろうか』という手紙を、魔法で空に飛ばして、返事を待つ。

さすがに急すぎる申し出だっただろうかと不安になったが、すぐに了承の返事が来た。

まあ、プライベートとはいえ私は仮にも王族なので、どうしても従者や護衛という邪魔者はついてきてしまうのだが、彼女に会えると決まった私は、浮き足立った。

ついでに、どう考えても単に神官の仕事をサボるために私を言い訳に使っているとしか思えないアルトゥルも偶然一行にまぎれていたので、彼との約束も果たされることになった。

そうしてたどり着いた婚約者の住まいでは、リーゼロッテとその友人で客人のフィーネが私たちを出迎えてくれた。

「先触れが前日だなんて、あまりにも急過ぎますわ。いつかは来るとの約束ではありましたが、王族が動くということがどれほど周囲に影響を及ぼすか、殿下はご存知だと思ってましたのに……」

リーゼロッテは、私と挨拶《あいさつ》を交わしたすぐ後、実に不機嫌にそう言った。

「いやいやむしろやっときたなジーク！　誰かに声が届くってすばらしい！」

「知らせを受けてからリゼたんは掃除と料理の手配だのスキンケアだのドレスの選定だのと実にせわしなく動いておりましたからね。王族云々《うんぬん》というより単に好きな人が遊びに来てくれるんならもうちょっとちゃんと準備がしたかったということでしょう。ただ我々としては急でもなんでもジークが来てくれたことがめっちゃ嬉《うれ》しいです！」

エンドー様とコバヤシ様はそう言って歓迎の意を示してくださったが、リーゼロッテは不機嫌、というかすねたような表情のまま、言葉を続ける。

「父も先日から領内に入ってはおりますが、その直後からこの城から離れた地方まで視察に行っておりまして、お出迎えに間に合いませんでしたの。そのことについて謝罪はいたしますが、先に無理を通したのは殿下ですから」

リーゼロッテはそう言って私を睨《にら》み付けた。

彼女はけっこう本気で怒っている気がする。まずい。

「リゼたんは今朝《けさ》四時起きでお風呂《ふろ》に入って肌を整え髪を巻き化粧をしてと涙ぐましいほどの努力

をわくわくそわそわとして今に至ります。多少の嫌味は甘んじて受け入れてください」

コバヤシ様がそうおっしゃったことで、私はひっそりと安堵《あんど》のため息をもらす。

確かに悪いことをしてしまったようだが、本気で嫌がられたり見限られたりということでは、ないらしい。

「すまなかった。急遽できた暇だったのだけれど、今ならあなたに会うことができると思ったら、無理をさせてでも会いたくてしかたがなくなって……。今日のリーゼロッテも綺麗《きれい》だよ。こうしてあなたが出迎えてくれただけで、私は満足だから」

そう言って私は、リーゼロッテの前に膝《ひざ》をついた。

王太子のその行動にリーゼロッテは目を見開いたが、かまわず彼女の手をとる。

そのまま騎士が淑女にするように、彼女の手の甲に、私の唇を近づけた。

私の謝罪の気持ちとリーゼロッテへの敬愛が、彼女に伝わるように祈りながら。

「クリティカルー！　コレにはリーゼロッテもツンを忘れてただときめくことしかできないー！」

「いやー、ジークもすっかりリゼたんの扱いがわかってきましたね。実に頼もしいことです。いいぞ！　もっとやれ！」

神々のお言葉にリーゼロッテを見上げれば、彼女は真《ま》っ赤《か》になって、言葉を失ったようだった。

その表情から怒りの色は失《う》せている。よかった。

私が胸《むね》を撫《な》で下《お》ろしていると、ふいにアルが、私の視界のはしで動いた。

「フィーネちゃーん、ひっさしぶりー！　このバカップルはほっといてそろそろ俺のこと案内してくれる？　リーゼロッテ様の妹ちゃんたちってみんなすごい美人なんでしょ？　どこにいるの？」

従者ごっこは飽きたらしいアルは、そう言ってフィーネの手をとろうとしたが、すかさずリーゼロッテが魔法で飛ばした水に彼の手は叩《たた》き落とされた。

しかし言われてみれば、妹さんたちはどこだろう。侯爵について地方に行っているのだろうか。

「うちの妹たちに近づかないでください」

そう言ってリーゼロッテは絶対零度の視線でアルを睨み付ける。

もしかしたらアルがいるので、侯爵が帰るまでは下の娘たちは表に出さないことにしたのかもしれない。

あの子たちはまだ決まった婚約者がいない。遊び人のアルに言い寄られて、万が一があっては困るということだろう。

「なんで俺そこまでリーゼロッテ様に嫌われてるかな……。俺、伯爵にはなれないけど、神殿ではそこそこのぼりつめる予定よ？　将来有望よ？」

「そのチャラさがいけないと思います」

アルは悲しげに首をかしげたが、すかさずコバヤシ様がそうおっしゃった。その通りだ。

「神官の妻になるには、妻当人も神官にならなければいけませんでしょう。リーフェンシュタールの娘が剣を捨てることなど、あり得ません」

リーゼロッテはきっぱりとそう言った。

アルをこきおろさないですませるだなんて、私の婚約者は実に優しいことだ。

「ま、そりゃそうか。じゃあ、フィーネちゃん、俺と結婚しに神殿おいでよ。刃物は駄目だけど殴るのは問題ないからさ」

アルはあっさりとリーゼロッテの妹たちを諦《あきら》め、フィーネに笑顔で自分を売り込んだ。

神官になるには色々と制限が多いが、確かに自分や誰かを守るためであれば、暴力自体は否定されていない。

「……たしか、神官って、肉食駄目でしたよね？」

なにやら考え込んでいた様子のフィーネは、ふいに真剣な表情でそう尋ねた。

「ああ、まあそうだけど。完全にダメってわけでもないよ？　見習い修行の一、二年くらいと、あと神官位とった後は年に一ヶ月くらいダメな時期あるだけで」

「無理ですお断りします」

フィーネは間髪いれずに即断し、アルはその言葉にうなだれている。

「そんな理由で断られたのは、さすがの俺もはじめてだよ……。つかなんで俺こんなフラれるかなー。そこそこみてくれはいいと思うし条件だって悪くないんだけどなー」

アルがそう言って、肩を落とした瞬間。

「もごー！　もがー！　ぐがー‼」

人のうめき声のようなものが、聞こえてきた。

その異常事態に、即座に私の護衛についてきたものたちが私たちをかばうように前へと出る。

彼らの背後で私がアルと並んでかまえていると、フィーネがリーゼロッテと自分に強化をかけながら互いの背中を任せているのが見えた。ずいぶん、息が合っている。

「リーゼロッテ！　たのむ、手伝ってくれ‼」

騒ぎの中心は、侯爵だった。

見れば妹さんたち三人がかりで小柄な女性を捕縛していたのだかしようとしているのだか、とにかくもみ合いながらこちらへとむかって来ている。

侯爵はその女性に直接触れることをためらっているのか、すこし離れたところでおたおたとしながら、リーゼロッテに助けを求めていた。

しかし小柄な女性の暴れっぷりがひどい。

彼女は猿ぐつわを噛《か》まされ両腕を後ろ手に縛り上げられながら、長いローズブロンドの髪を振り乱して暴れに暴れ、その拘束はいまにも外れ、あ、外れた。外れそうだったが今まさに外れた。

女性の両腕の拘束が外れ、続いて自由になった彼女の手で猿ぐつわが解かれた。

「フィーネちゃんはどこなの⁉」「だからこっちにいるってば！」「暴れないで！」「逃げようとするのをまずやめて」「フィーネちゃん！　どこ‼」「なんでこのおばさんこんな暴れてんの⁉」「わかんないけどパパが確保しろってんだからとにかく確保‼」「気絶させた方がよくない？」「怪我《けが》はさせるな！」「フィーネちゃーん！」

ぎゃあぎゃあと、もはや誰《だれ》が何を言っているのかすらわからない騒ぎだ。侯爵が、女性が、リーゼロッテの妹たちが、口々になにかを叫んでいる。

「……ママ？」

ふいに、護衛たちの隙間《すきま》を抜けて、フィーネがそんな言葉を口にしながら前に出た。

フィーネの声が響いた瞬間、女性はぴたり、と、その動きを止める。

一同の視線が、フィーネと、ママと呼ばれた女性に集まる。

言われてみれば、二人はよく似ている。

「これで、役者は揃《そろ》いました。……とか、かっこよく言いたかったんですけど。こんな揃い方をするとは、さすがに予想外でした」

女神様の理解の範囲すら越えていたらしいこのわけのわからない事態を、まとめなければいけないのって、もしかして私なんだろうか。

そんな嫌な予感を覚えて密《ひそ》かに焦る私の耳に、いち早く硬直から立ち直った女性の声が届く。

「……え？　……フィーネちゃん⁉　どうしたの綺麗なドレス着てお肌もつやつやでむしろ元気そう！　リーフェンシュタールのお嬢様にいびられてるんじゃなかったの⁉」

女性はフィーネの姿をその目にうつすと、驚愕《きょうがく》の表情でそう叫んだ。

私のかわいい婚約者は、やはり無駄に誤解されやすいようだ。

「ドレスはリーゼロッテ様が私くらいの身長の頃《ころ》に着ていたというものを大量にくれたし、ここに来てから毎日いいものを食べさせてもらっているの」

憮然《ぶぜん》とした表情で、フィーネはそう言った。

その言葉にますます混乱したような表情になった女性をキッときつくにらみつけながら、フィーネは言葉を続ける。

「リーゼロッテ様はいびりだいじめだなんてひどいことはできない心優しい人だし、私たちはお友だちだからーー！」

「リーゼロッテの口元がによによしている。！」

「ここ最近フィーネちゃんと仲良くなれているリゼたんは本当に嬉《うれ》しそうでしたからね。よかったねリゼたん！　ちなみにドレスはおさがりを仕立て直したものと新品とが二対八くらいであることは、フィーネちゃんには秘密なんだそうです」

神々のお言葉に私が黙って静かにリーゼロッテのかわいらしさに悶《もだ》えていると、ふいに、侯爵が真剣な顔でフィーネに歩み寄っているのに気がついた。

私も、他の誰も、目に入っていないかのように。

まっすぐにフィーネだけを見つめながらふらふらと彼女の元へと歩み寄った侯爵は、口を開く。

「……失礼。君、年齢は？」

「え……？　えっと……、一五歳、です、けど……」

フィーネは、少しおびえたような表情でそう答えた。

「そうか。……そうか。やっぱり、そうなのか。ああ、目が同じだ。同じ、空の色だ」

ひとり納得したようにうなずきながら、侯爵は感慨深げにそう言った。

彼はくしゃりと泣き笑いの表情になって、やわらかく、丁寧に、嬉しそうに、言葉をつむぐ。

「はじめまして、お嬢さん。私はブルーノ・リーフェンシュタール。リーゼロッテの父で、君のお父さん、……の、弟だ」

「フィーネちゃんの父はリーフェンシュタール侯爵の兄、一六年前に死亡したアウグスト・リーフェンシュタール。母は……、つまり先程まで大暴れしていたあちらのご婦人は、エリーザベト・元マルシュナー。かつてマルシュナー公爵家の妖精姫《ようせいひめ》と呼ばれていたお方です」

……アレが？

侯爵の言葉を補足するように続けられたコバヤシ様の言葉を疑うわけではないが、告げられた事実のあまりの真実味のなさに、私は反射的にそう思ってしまった。

妖精姫といえば、その妖精のごとき儚《はかな》げな美貌《びぼう》と彼女の婚約者であったアウグスト・リーフェンシュタールとの悲恋により、いまだに社交界で話題になる人物だ。

信じられない気持ちで私が女性を見つめていたら、その視線に気がついたらしい彼女がこちらを見る。

すると彼女はふわりと花がほころぶように微笑《ほほえ》み、優雅に礼をした。

そのはかなげな美貌と洗練された動きは、たしかに妖精姫と呼ばれたその人のようで、けれど先ほどまでの言動とはまったくの別人のようで、私は静かに混乱した。

――――

侯爵、フィーネ、エリーザベトさん、私。なぜかこの四人でこの奇妙な状況の整理をすることになり、リーフェンシュタール家の応接間へと通された。

まずアルがリーゼロッテの妹たちにこちらの案内を頼み、四人が離脱を決めた。

次いでリーゼロッテもアルの監視のためについていくことになった。

私もそちらについていこうとしたのだが、リーゼロッテに自分の代わりに話を聞いておいてくれと頼まれてしまったので仕方なしに残った結果だ。

「私は娘のフィーネが『リーフェンシュタール家に強引に連れて行かれ、リーゼロッテ様にいびられている』との噂《うわさ》を聞きつけ、こちらに馳《は》せ参《さん》じましたの」

質がいいとはいえない簡素なワンピース姿のエリーザベトさんは、けれどどんな貴人よりも貴人らしく優雅に微笑みながらそう言った。

「義姉上《あねうえ》、猫かぶりをしても今さらです。正確にはフィーネさんを奪還しに城壁を越えて侵入した、なんなら実力行使も視野にいれていた、でしょう」

まったくもって貴人らしくはなかった。

侯爵の指摘を受けたエリーザベトさんは、妖精姫の仮面を被《かぶ》ることを諦めたのか、軽く肩をすくめてから面白くなさそうな表情でソファーにぽすんともたれかかる。

「そこで侵入に気がついた下の娘たちが賊として捕らえようと追っていたところに、私が帰宅。追われている者が兄嫁だと気がつき、先ほどの騒ぎになったということです。殿下にはお見苦しいものをお見せしまして、まことに申し訳ございません……」

そう言って侯爵は私にむかって頭を下げた。

いや、私はただ個人として遊びに来ていただけだし、むしろフォローは恥ずかしげに顔を覆って小さくなってしまったフィーネにこそ必要な気がする。

まあ具体的にどうフォローしたものかは私にはわからないが。

「ええと、フィーネさん、君のお父さんは、侯爵位は継がなかったのだけれども、私のすばらしい兄だったんだ。うちは姉上、兄上、姉上、私、弟の五人きょうだいなのだけれども、なんというか、いちばん穏やかで心優しくてたおやかだったのは、兄上、つまり君のお父さんで、本当にすばらしい方だったんだよ」

侯爵がフィーネにそう優しく語りかけると、フィーネは指の隙間からちらりと侯爵を見上げて、彼の言葉に耳を傾けている。

「ただ体の弱い人で、リーフェンシュタールの当主になれるか……、どころか、成人まで生きられるかどうかと言われていてね……」

そう言って侯爵は、寂しげに肩を落とした。

侯爵とその兄君が大変に仲のよい兄弟……、というか、侯爵がわりと兄弟愛をこじらせていたというのは、父に聞いたことがある。

侯爵は元々病弱な兄を守るためにその剣と魔法の腕を磨き、いつしかわが国の将軍にまでのぼりつめた、だとか。

「結局アウグストは成人後、っていうか二四までは生きられたんだけど、その少し前、私が結婚できる年齢、一六歳になったときには床から起き上がることすら難しくなっていてね。私の実家、マルシュナー公爵家はアウグスト個人と婚約させたんじゃなくて【次期当主】と婚約させたのだから、ブルーノの方と結婚させろだのなんだのごねにごねてもめにもめたのよ。ブルーノがヨゼフィーネちゃんと結婚してもまだ諦めなくて、私がキレていやもう結婚できなくてもいいアウグストの子どもが欲しいって、……娘に言っていいことじゃないわねこれ」

エリーザベトさんの言葉に、フィーネはあきれたような表情を向けている。

こほんとひとつ咳払《せきばら》いをしたエリーザベトさんは、再び言葉を続ける。

「とにかく私ってば、アウグストが二四、私が一七のときに、非婚の母になってやったの。まあ、妊娠に気がついたのはアウグストが亡くなってからだったんだけど。このことがバレたらマルシュナー一族はめっちゃ怒って私ごと殺すだの赤子だけでも殺すだの言いそうだったから、私はどうせ怒らせるなら同じことことばかりに実家の貴金属を盗み出して逃げたのね。それが、『都のものすごく偉いお貴族様をものすごく怒らせたことがある』ってやつ」

先ほどから侯爵はエリーザベトさんを兄嫁として扱っているが、たしかにマルシュナー公爵家の手回しにより二人の婚姻届が握りつぶされたという話は、私も聴いたことがある。

そしてその家に引き裂かれた悲しい恋人たちの片方は死に、片方は失意のあまり失踪《しっそう》したという物語は、いまだにあちこちで語り継がれている。

「なぜ……、なぜお逃げになったのです！　兄上とその妻子の敵など、リーフェンシュタールのすべてでもって殺し尽くしてやりましたのに!!」

「いやだからっしょー。公爵家と侯爵家の全面戦争なんて、しゃれにならないじゃないの」

侯爵は激昂《げきこう》してみせたが、即座にエリーザベトさんが軽く反論した。

「んもー、よく考えて？　自分がそんな争いの火種になったら、フィーネちゃんはどう思う？　私は？　なによりアウグストは？　この家の人間だって全員無事でいられた？　今だってまだ幼い娘ちゃん……、たちは、もう、だいぶ、たくましく育ったみたいだけど。ほら、あのー、ヨゼフィーネちゃんとか、戦えないじゃない？　そういえばヨゼフィーネちゃんはどこなの？」

エリーザベトさんは諭すようにそう言いながら、先ほどまでの妹さんたちの動きを思い出したのか、次第にしどろもどろになりながらそう尋ねた。

「……妻は今は山のアトリエに籠《こも》ってます」

どこか不満げな表情のまま、侯爵は答えた。

侯爵の妻であるヨゼフィーネ・リーフェンシュタールは、画家だ。子爵家の出身ながら彼女に姿絵を描いてもらうことがステータスになるほどの高名な芸術家でもある彼女は、侯爵夫人となったときにも、最近になって侯爵夫人としての仕事を長女のリーゼロッテに任せて絵の道に戻ったときにも、まあ彼女ならば仕方ないだろうでゆるされてしまっている。

「ああ、またインスピレーションがわいてきちゃったんだ？」

「いえ、暑いからです。秋まで人里には降りてこないんじゃないでしょうか」

野生動物か。侯爵の言葉に、なんとも言えない沈黙が流れる。

「…………。で、で、まあ、とにかく！　少なくともこの子が小さいうちは、私もこの子も表に出ない方がいいと思って、隠れていたというわけなんですよ！」

エリーザベトさんは、あからさまに話題をそらした。私も聴かなかったことにしよう。

「ところが、去年、とうとう家の人間に見つかっちゃってね。フィーネちゃんといっしょに殺されかけて、でもフィーネちゃんは強くて、ほぼ自力で勝ってみせてくれた、のよ」

庶民であるにもかかわらず魔法を使うことができる奇妙な少女の存在が発覚するきっかけとなったあの事件は、たまたま悪質な暴漢に襲われたわけではなかった、ということか。

「フィーネちゃんなら大丈夫。むしろ私がいっしょにいたほうが、足手まとい。そう思えたから、私は姿を消して、フィーネちゃんは学園に保護してもらうことにしたの。あそこなら、いくら公爵家でも手出しはできないし」

まあ、私が供の者も連れずに一人で歩き回ることができる程度には、学園は外部から隔離されていて生徒たちは保護されている。エリーザベトさんの言葉はもっともだ。

「あと、フィーネちゃんが学園に通っている間にうまいこと誰かフィーネちゃんを囲い込んで保護してくれる男の子でも捕まえてくれないかなーって」

「……え!?」

ぽつりと続けられた言葉に、当のフィーネは非常に驚き、叫んだ。

そんな娘を見たエリーザベトさんは、ふうとため息を吐《つ》いてから、静かに続けた。

「いやだって、あの家は私とフィーネちゃんを殺してなかったことにするか、それが簡単にはいかないとわかったら逆に利用しにかかるわよ。それこそ、政略結婚の駒《こま》にでもする、とか。横槍《よこやり》が入る前に、選択肢のあるうちに、誰かと恋をして、そして結婚してしまってくれればな、ていうのは、私の勝手な願望なんだけど、さ」

「おやー？　ちょうど保護してくれる男の子とやらに、心当たりがある気がする！」

「バではじまってルで終わる、ちょっと残念な彼との恋がうまくいけば、すべて丸く収まるというわけですね。まあ、別に彼でなければいけないというわけでもないでしょうが、個人的にはちょーオススメです！」

そんな元気いっぱいのエンドー様とコバヤシ様のお声が、私の耳に届いた。

届いた、と、いうことは。

「では、フィーネさん。とりあえず、私の妹に、おなりなさいな」

そう言いながら、実に優雅に、リーゼロッテが応接間へと入ってきた。

彼女が通過する扉を、アルが押さえているのが見える。

怪我《けが》はしていないか、治したのだか。一見普通の顔をしているアルは、なぜか衣服がボロボロだった。そしてリーゼロッテの従者のような振る舞い。

……教育的指導でもされた、のだろうか？

「リーゼロッテ様の、いもうと、ですか……？」

フィーネはわずかに頬を紅潮させながら、リーゼロッテにそう尋ねた。

「なにやら誤解が生じている気がするー!?」

「エス的な意味での妹というわけでは、ないと思うのですが。いやでもそういえば百合ルートもありましたねこの二人」

それは聞き捨てならない。

神々の声に危機感を覚えた私は、あやしげな雰囲気をかもしつつある二人の間に割って入る。

「それは、フィーネ嬢のことをリーフェンシュタール侯爵家の養女として迎え入れる、という意味であっているかな？」

「ええ、そうですわ。ねえ、お父様。お父様の大好きなおじ様の娘が、この家のあとを継いだら、ステキだと思わない？」

私がリーゼロッテに尋ねると、それを認めたリーゼロッテは、自分の父にそう問いかけた。

「この上なくいい、とは思う。本来ならばこの爵位は、兄上が継ぐべきものだった。しかし、その、女性の身で爵位を継ぐということはなくはないが、ああ、誰かを婿に迎えるということか？　いやうちにはバルドゥールもいるし、みなに相談してから決めないと……」

侯爵がもごもごと曖昧《あいまい》な返答をすると、リーゼロッテは厳しい表情で侯爵を睨《にら》み付けた。

「そのバルドゥールが、現在フィーネさんに言い寄っているんです」

リーゼロッテがぴしゃりと断言した言葉に、私は静かに驚愕《きょうがく》する。

知らなかった。

以前にそんなようなことを神々はおっしゃっていたが、バルドゥールが既にフィーネ嬢に惚《ほ》れ込み、しかも言い寄るだなんて、あまりにも彼のイメージとかけ離れていて想像すらできない。

「まだ恋人関係にはありませんから、今すぐに二人を婚約させることは、難しいでしょう。ですが、速やかにフィーネさんをわが家の跡取りとして迎えると宣言してしまわなければ、フィーネさんの命や貞操が危険にさらされつづけます。バルドゥールは愛するフィーネさんのためであれば家督などよろこんで譲るでしょうから、さっさと話をまとめてしまいましょう」

リーゼロッテが自信満々にそう断言した言葉は、妙な説得力があった。

「いえそれはただの推測……、いや、私たちの知識と照らし合わせても、バルはフィーネちゃんのことが好き、だとは、思うのですが。本人の口から語られたわけでもない段階でそう断言するのは、どう、なんでしょうか……」

コバヤシ様は珍しく歯切れの悪い表現で戸惑いを口にしたが、私はリーゼロッテを信じることに、つまりコバヤシ様の憂慮を黙殺することにした。

「つまり、バルドゥールは跡取りからいちどはずし、フィーネ嬢と結婚するものが次期侯爵だと宣言し、世間に、マルシュナー公爵家に知らしめる、と」

私の言葉に、リーゼロッテがしっかりとうなずいた。

それは、元々リーフェンシュタール侯爵夫人の座に自分たちの身内をつかせることを望んでいたマルシュナー公爵家にとっては願ってもないことで、フィーネの身の安全は強固なものになるだろう。

ただし、バルドゥールの立場は非常に弱くなるが。

けれどリーゼロッテはためらいなく、彼を突き放すような言葉を口にする。

「フィーネさんをバルドゥールが口説き落とせればそれでよし。それが叶《かな》わなければアレの実力不足。それでいいじゃありませんの。とにかくフィーネさんの保護が最優先です。今すぐにでも、この子を本家の養女に迎えましょう」

「……それも、そうだな。バルドゥールをそこまで軟弱に鍛えたつもりもない。もしフィーネさんが誰か別の男性と結婚しても、分家の者として補佐の地位を与えればいい、か」

侯爵がリーゼロッテに同意すると、リーゼロッテは満足そうな笑みを浮かべた。

ところが、フィーネとエリーザベトさんは驚愕に目を見開き、固まっている。

そんな二人に聴かせるように、リーゼロッテはあえてだろう、冷酷な言葉を口にする。

「負け犬など、ただのいち騎士いち配下としての扱いを受けるだけで、十分かと。フィーネさんをよその男にかっさらわれるような間抜けを、わがいとこがやらかすとは思いたくないですが、ね」

リーゼロッテは、冷淡な笑顔でそう言い切った。

「かっこいいぞ、リーゼロッテ！」

「いやぁ、いい悪役っぷりですねぇ！　わっるい笑顔にきっつい言葉！　実に見事な悪役令嬢です！　けれどその裏にはフィーネちゃんへの愛情とバルドゥールへの信頼があるかと思うと……、たまりませんね！　やっぱりリゼたんが私の最推しです!!」

リーゼロッテの言葉に、私とエンドー様とコバヤシ様は感心を覚え、彼女の父は苦笑しながらうなずいた。

侯爵はそのままフィーネに歩み寄り、問いかける。

「では、フィーネさん、私の娘になってくれるかい？」

「え、いや、あの……、わ、私は、これまで庶民として、生きてきて……。父のことも、ほとんど知らなくて……。それに、私が婚外子であることには、かわりありません。次期侯爵夫人にはふさわしくないというか、そもそも私が本当に父の娘か疑う人もいるんじゃない、ですか、ね？」

フィーネが焦ったようにそう言うと、リーゼロッテが、静かに彼女の後ろに侍《はべ》るアルにむかって声をかける。

「アルトゥル・リヒター」

ただ、リーゼロッテがアルの名前を呼んだ。それだけで。

彼ははじかれたように背筋を伸ばし、口を開いた。

「はい！　婚姻といえば神殿！　一六年前にフィーネちゃんのご両親が神の前で結婚を誓いあったという記録を、必ずや姫の新たな妹様のために見つけ出してみせます！」

どうしたアルトゥル。

ぴしりとこたえた彼の、あまりの変貌《へんぼう》ぶりに若干の恐怖を感じつつも、なるほどアルトゥルであればどうにかできるな、と、思い至る。

リヒター家、具体的にはアルトゥルのおばが、この国の中央神殿の現在のトップだ。他にも神殿内にはリヒター一族の者が多数いる。

アルトゥルが見つけるといえば、ないものも見つかる。……つまりは、捏造《ねつぞう》、だが。

「あー……、国の方の記録も、いやもしかしたら古いものなので曖昧になっているかもしれないが、探してはみよう」

私がわざとらしくそんな言葉を口にすると、意図を察してくれたらしいリーゼロッテが即座に深いうなずきをかえしてくる。

「ああ、曖昧。そんなこともありますわよね」

さすがに国の記録の捏造は難しいが、うっかりで消えることはまあなくはない。

婚姻していなかったという証明を不可能にすることぐらいならば、たぶん可能だと思う。

私たちの援護を受けたリーゼロッテは、いたずらが成功した子どものような笑顔でフィーネに向き直り、語りかける。

「フィーネさん、あなた、どうやらしっかりとおじ様の実子であるみたいよ？　まあいずれにせよ、わが家の養子となれば、だれもあなたの生まれに物言いなんてつけないでしょうけれど。というか、つけさせませんけれど」

「え、え、ええ……？」

フィーネは、勝手に話を進めた私たちを信じられないものを見るような目で見ている。

すると、一歩。リーゼロッテがフィーネとの間合いを詰めた。

「フィーネさん、バルドゥールのことは気にしないで、単純に考えて欲しいの。あなたは、私の妹になるのは、……いや？」

「そんなことはありません！　リーゼロッテ様は優しくて、美しくて、優雅で、所作も綺麗《きれい》で、お強くて、殿下といっしょにいるときはかわいくて、たまにツンがきついときもあるけど最近はむしろそのギャップがかわいく思えて、ずるいなって思うくらいかわいくて、つまりは大好きです‼」

リーゼロッテに悲しげに問いかけられたフィーネは、ぶんぶんと頭をふりながら、まさに必死な様子でそう言った。

リーゼロッテはその勢いに頬を赤くしながら一歩後ろに下がる。

「ここにきてまさかの伏兵！　フィーネの褒め殺しに、リーゼロッテはたじたじだー！」

「危ないですねこれ。油断しているとマジでリーゼロッテとられちゃいますよ殿下」

それは困る。

そんなのは、こわいです」

「正直……、リーゼロッテ様の、妹には、なりたいです。でも、その、次期侯爵夫人、だなんて、
フィーネはその震える手を胸の前で組みながら、そう言った。

少しでも震えを抑えようとはしているみたいだが、あまりうまくいっていないようだ。

「なにもこわいことなどありません。私もついています。フィーネさん……、いえ、フィーネのお母様だって、元々は公爵家の姫君。きっと力になってくれます」

フィーネの震える手をそっと自分の手で包み込みながらそう言ったリーゼロッテは、見惚《みと》れてしまうような優しい笑みを浮かべて「……たぶん」いる。

今、リーゼロッテがちいさい声でたぶんって付け加えた。

確かに妖精姫《ようせい》の仮面を被《かぶ》っていないときのエリーザベトさんはちょっとアレだが、あの仮面を外すことなどそうはないだろう。

……たぶん。

「……リーゼロッテ、様」

リーゼロッテの小さな呟《つぶや》き声は聞き取らなかったらしいフィーネは、うるうるとその大きなスカイブルーの瞳《ひとみ》を涙に濡《ぬ》らしながらリーゼロッテを見上げ、その名を呼んだ。

「あら、……お姉様とは、呼んでくれないの？」

そう言ってリーゼロッテがくすりと笑うと、フィーネはとうとう涙をこぼしながら、姉を見上げて言葉を紡ぐ。

「私、ずっと一人っ子で！　それどころか、引っ越しばかりだから、友だちもろくにできなくて！　だから……、お、お姉様、が、できて、すごく嬉《うれ》しい、です」

最後にははにかみながらそう告げたフィーネは、たしかにかわいかった。

かわいかったが、それよりなによりリーゼロッテが嬉しげにフィーネに抱きついて「かわいい！　やったわ！　とうとう私にも素直でかわいい妹ができたわ！」とはしゃいでいることの方が、気になってしかたがない。

「ジークがめちゃくちゃ複雑そうな表情だ……！」

エンドー様のお言葉に即座に自分の口元を片手で隠した私の耳に、冷静なコバヤシ様のお声が届く。

「リーゼロッテが照れずにツンデレずに対応できているということは、もはや身内、実の妹くらいの感覚ということですから、きっと心配はないでしょう」

本当にそうだろうか。

なんというか、目の前の少女二人の瞳は涙に濡れていて、熱を帯びていて、互いのことしかうつしていないように私には見えるのだが。これは、ただの姉妹愛だろうか。

「……たぶん」

そんな弱気な言葉は聴きたくなかったです、女神様。

◆◆◆

よりにもよって

リーゼロッテたちが姉妹の契りを交わす姿を見届けた遠藤碧人《えんどうあおと》は、無言でゲームをセーブした。

ゲーム機とテレビの電源が落とされ、小林詩帆乃《こばやししほの》の自宅のリビングに、静寂が降りる。

いや、正確には、静寂の中に、彼女がすんすんと洟《はな》をすする音だけが、響いていた。

「……よかった。よがっだねぇ！」

やがてぼろぼろぼろと、涙も鼻水も垂れ流しながら、詩帆乃はそう言った。

「よかったなー。そんで小林さんもよくこらえたなー」

碧人は苦笑しながらそう言って、とってきたティッシュを箱ごと彼女に渡す。

それを受け取った詩帆乃はティッシュを五、六枚取り出すと、ぐしぐしと顔面を拭《ぬぐ》い、鼻をかんだ。

そしてようやく顔面洪水状態から脱した詩帆乃は、赤くはれぼったくなった瞳で隣に座る碧人を見上げ、恥ずかしそうに笑う。

「ありがと！　いやもうほんっと、めっちゃこらえたよ！　だってあの場面で鼻水すする音とか台無しじゃん⁉」

詩帆乃は先ほどの姉妹の契りを見守りながら、フィーネよりも若干早いくらいのタイミングで泣き始めていた。

解説としての使命をまっとうするべく涙をすすることは必死に堪《こら》えていたし声はなんとか平静を装っていたが、顔面はべしょべしょだったのだ。

「しかし、そこまで感激するようなことだった？」

首をかしげながらそう言った碧人の表情は冷静そのもので、彼自身自分の感受性が死んでいるのではないかと不安になるほど、様子のちがう二人だった。

「いや、なんというか、本当に運命が変わった、変えられた、変えられるんだなって、はじめて実感したというか……」

「ああ、そっか。主要キャラたちの好感度とある程度の行動なんかはゲームでも変えられたけど、大人たちが絡んできたのって、これがはじめて？」

「そう。バルの嫁としてじゃなくフィーネちゃん単独でリーフェンシュタールに迎え入れられる、なんて、絶対にありえなかったから……」

まじこいは、乙女ゲームだ。恋愛が関係しない部分、家族や姉妹としての結びつきをフィーネが求めることは、ゆるされていなかった。

そこに感動を覚えたらしい詩帆乃は、またティッシュを取り出し目頭を拭った。

「それに、リーゼロッテとフィーネがあんな風に笑いあってるとかさ、なんかこう、ぐっときちゃって……、いや、もう、ほんと、よかった。よかったよ……！」

そこまで言うと、詩帆乃は顔を覆ってうずくまる。

ようやく先ほどの光景がいかにありえなくて、いかに感動的かを理解できた碧人は、彼女がしゃくりあげているのをなだめるように、その背中を静かにさすった。

ゲームでは、フィーネとリーゼロッテはヒロインと悪役令嬢。

逆ハーレムルートを除き、基本的に仲良くはならないライバル同士だ。

それどころか、ルートによっては互いの命を狙《ねら》いあい、ときにフィーネが死に、ときにリーゼロッテが死ぬ。相容れない存在とすらいえる。

その二人が、王子様が震えるほどの仲良し姉妹。

たしかにそれは、碧人と詩帆乃がもたらした、奇跡といえるだろう。


ようやく泣き終えた詩帆乃が顔をあげると、碧人が習慣でいつでもカバンにいれている彼のスポーツタオルを濡らして待っていた。

「目元、はやく冷やしたほうがいいよ」

「……ありがと」

碧人の気遣いをありがたく思いながら、詩帆乃はそれを受け取って目元を覆う。

「保冷剤出していいー？」

「いいよー。っていうか、むしろありがと。なにからなにまで、ほんと、ありがとー……」

「いやー？　俺なんかここんちで二回も号泣させてもらってるし、お互い様っつかあと一回は泣きはらしていいっつうかじゃん？」

だらりとソファーに身を任せ、碧人から渡された保冷剤も使って目を冷やす詩帆乃の耳にそんな言葉が届き、彼女はくすりと笑った。

たしかに、前二回とは、立場が逆になったような状態だ。

「そういえば、ゲームだと、フィーネがリーゼロッテのいとこだってのは、リーゼロッテが死んだあとでしかわかんないんだっけ？」

空気を切り替えるように碧人が軽い調子でそう尋ねると、詩帆乃は目を覆ったまま軽くうなずく。

「そ。基本リゼたんが死んで、その後釜《あとがま》にフィーネがおさまるかたちだね。逆ハーレムルートだと唯一リゼたんが生きているうちに判明するけど、それも魔女を倒したあとだし……。今思えばだけど、あのエンディングって、フィーネママの実家に完全にしてやられてるよね？」

逆ハーレムルートのエピローグでは、仲間とともに世界を救ったフィーネに感動したマルシュナー公爵家が、彼女を彼女の母ともどもマルシュナーに迎え入れるという展開がある。

【こうして庶民だと思われていた女の子は、みんなから愛されるお姫様になりました】なんて本編では表現されていたが、マルシュナーの本性を知ってしまった今の二人にとっては、もはや【してやられている】としか思えない。

「王太子、侯爵令嬢、次期侯爵の騎士、エリート神官、天才ショタ魔導師、腹黒教師のすべてに惚《ほ》れ込まれてる救世の少女って、それはもはや国家の弱点だよな……」

ため息交じりの碧人の言葉に同意するように、詩帆乃はタオルを取り去り、碧人にまっすぐな視線をむける。

「だね。その駒《こま》をフィーネママの実家が手にいれてるとか、さ……」

クーデターでも起こすか、国を裏から実質的に支配するか。

そんな思惑を察知した二人は、そろって険しい表情でだまりこむ。

「やっぱり逆ハーレムはエンディング後どうすんの問題」

「それ」

碧人がぽつりと呟いた言葉に、すかさず詩帆乃が同意し、二人は真顔でうなずきあった。

「……あっちのみんなには、このまま、しあわせになってほしい、な」

ふいに碧人がぽつりとそんな心からの願いを言葉にした。

詩帆乃はしんみりとしたような表情になって、ゆっくりとうなずく。

「神様、なんて、よくわかってないままはじめたけどさ。やっぱりみんなしあわせになってほしいし、どうにかこうにかいい方向に導いてやるぜ！　って、思うよね」

詩帆乃の決意に、こちらもゆっくりと、碧人が深くうなずいて返す。

二人とも手探りでここまできた。

とくに碧人はまじこいというゲーム自体もあまり詳しくは知らない男だった。

けれでも彼と彼女はいつしかあちらの世界の住人たちみんなに愛着を覚えて、感情移入をして、しあわせになってほしいと心から願うように、なってきていた。

「これからも、いっしょにがんばろうね」

そう言って笑顔で差し出された詩帆乃の白く華奢《きゃしゃ》な手を、碧人の日に焼けたごつごつとした手が握り返した。あたたかい沈黙が流れる。

「……そうだ！　明日はおいわいにお出かけしようよ！」

しんみりとした空気をぱっと切り替えるように、詩帆乃が笑顔でそう宣言した。

おいわいの意味がわからず首をかしげる碧人の手をぶんぶんと上下に振り回しながら、詩帆乃は続ける。

「リーゼロッテとフィーネの姉妹成立記念に、なんか二人で美味《おい》しいものでも食べに行こう！　ゲームはおやすみにして！」

ぴくりと、碧人の口角が上がりかけたが、彼はそれを即座に封じ込めた。

最愛の少女からのデートのような誘いに瞬間的に浮かれても、それで万歳三唱をその場でできるくらい素直ならば、碧人はここまで片恋をこじらせていない。

「ああ、たまには出かけるのもいいな。もうこの土日で、夏休みも終わるし」

そう同意を示した碧人の表情はいたって冷静で、声音も平坦《へいたん》だったが、その平坦さがかえって内心の浮かれ加減を示しているかのように不自然だった。

「じゃあ、決まりだね！　明日は、おでかけ！」

詩帆乃が嬉しげにそう宣言した。にやつきそうな口元を押さえて、碧人がうなずく。

「んふふー、……デートだね」

けれど詩帆乃が、そういたずらっ子のような笑顔で続けて、碧人はそれに心臓を打ち抜かれたかのように赤面して、ただうつむいた。

他人の恋路を実況して導く神の語彙《ごい》力は、いまは行方不明になっているらしかった。

――

運動部の男なんてものは、基本ジャージで生きている。

現在は放送部員として生きてはいるものの、根っこは野球少年だった碧人も例外ではなく、基本的にファッションには疎《うと》い。

彼はぶっちゃけ、この暑い時期に服なんて着てるだけでもほめて欲しいと思っているくらいだ。

だけど、さすがに、好きな女の子とのデートのときくらい、もうすこし気合をいれるべきだった。

碧人はそんな後悔で、頭を抱えていた。

彼の今日の服装は、普段どおりの某スポーツメーカーのTシャツ、七分丈のジーパン、サンダル、ボディバッグ、以上。

ところがそんな彼の視線の先、人ごみの中を少し焦った様子でかけてくる詩帆乃の服装が、あまりにも彼と釣り合わないくらいに、かわいかったのだ。

日ごろはシンプルにまとめていることの多い髪は今日はあみこみながらシニョンにまとめられている。服装は丸襟の白いノースリーブにボーダーのカーデをはおり、水色の膝《ひざ》下丈のスカートと少しヒールの高い黒のサンダルを合わせていて、清楚《せいそ》で上品でかわいい印象だ。手にはかごバッグ。

遠目から見てもきらきらしてみえるような少女の姿に、碧人はあまりにもテキトーな服装でこの場にやってきた自分を、全力で呪《のろ》った。

「なにそれちょーかわいいー……。小林さんがかわいすぎるー……。こまったー……」

詩帆乃が碧人のもとにたどり着く直前、思わず碧人ががそうつぶやくと、詩帆乃はぎょっとしたような表情になってわたわたと挙動不審な動きをする。

「へっ、えっ、な、ど、どうしたの遠藤君いきなり。あの、……待たせてごめんね？」

「いや、俺がはやすぎた。まだ待ち合わせの五分前だし。きちんとおしゃれをしてきた小林さんの方が準備にかなり時間がかかったに決まってるし。つまりはむしろ俺が遅刻してる」

真剣な様子でわけのわからないことを言い募る碧人に、詩帆乃は困ったような笑顔を返している。

彼は実際には一五分前にはこの場にいたので、遅刻はしていない。

凝った髪型に気合の入った服装、ほんのり化粧までした完全デート仕様の詩帆乃の方が準備に時間をかけたのは事実だろうが、理屈としてはめちゃくちゃだ。

「つか俺こそマジでごめん小林さんがせっかくそんなかわいい格好で来てくれたのに俺フツーにフツーの格好で来た……。死んだほうがいい……」

詩帆乃が困惑しているうちにそんなところまで行き着いた碧人の言葉に、詩帆乃はぎょっとした表情になって反論する。

「え、なにそれ意味わかんない。いや、遠藤君は体格がいいから、そういうシンプルな服装でも、ちゃんとかっこいい、よ……？」

「天使か」

少し照れた様子の詩帆乃の言葉に、碧人は真顔でそう返した。

「いや、もう、天使とか、そんな……！　からかわないでよー！」

ますます恥ずかしそうに首を振る詩帆乃を、碧人はガン見した。

天使のように愛らしい少女のすがたを、その両の目に焼き付けていた。

「いやもう、かわいい。めっちゃかわいい。普段の小林さんも超絶かわいいけど、今日は更に上をいくマジ天使のかわいさ」

そんな支離滅裂な言葉を、いたって真剣に碧人は口にした。

「……ほんと？　本当にそんなに、かわいい？」

詩帆乃としても少しでもかわいいと思われたくて、彼女なりに努力をしてこの場にいる。

おおげさすぎる言い回しはともかくとして、デート相手からの手放しの賞賛に、まんざらでもなさそうに詩帆乃はそう尋ねた。

「かわいい。本当に、世界一かわいい」

碧人がそう断言すると、詩帆乃は嬉《うれ》しそうにはにかんだ。

「はー、そこで笑顔。笑顔とかそんなん最強じゃん女神かよ。ああ女神だった。つか俺この子の隣歩くの？　歩いていいの？　やっぱりいくらなんでも俺ももうちょい気合いれるべきだったな？

いやそもそも服なんかろくなの持ってないけどな？」

いつもの実況の勢いでそう続けた碧人の言葉に、詩帆乃はその頬を両手で押さえてうつむいた。

それから戸惑ったように、恥ずかしそうに碧人を見上げた詩帆乃は、おずおずと提案する。

「え、えっと、じゃあ……、ごはん食べた後にでも、次デートするとき用に、遠藤くんのお洋服を見に行く、とか？」

「ありがと。よろしく」

碧人はすかさずそのチャンスを掴《つか》み、おいわいランチを食べて解散の予定から、買い物プラス次回の約束まで取り付ける結果になった。

「じゃあ、そうときまったらはやくごはん食べにいこ！　予約の時間になっちゃうし！」

まだ照れの残っている詩帆乃はそう元気よく宣言すると、逃げるようにくるりと身を翻して早足に駅ビルの方向へと歩き出す。

二人は今日はおいわいということで、昨日《きのう》某スイーツとパスタのお店に予約をいれていた。まだ予約の時間まで多少余裕はあるが、早く行っておくにこしたことはないだろう。

碧人が詩帆乃の背を追いかけて歩きだそうとしたそのとき、改札からどっと人があふれ出してきた。ちょうど乗客の多い電車がついたようだ。

碧人がこのままでは彼女とはぐれてしまうかもしれないと、焦ったその瞬間。

「エーファ！」

「きゃ……っ⁉」

人の群れから走って飛び出た、背の高いサングラスの男が背後から詩帆乃の腕を掴み、叫んだ。

とっさに碧人は彼女たちのもとにいこうと焦るが、人の波がそれを阻む。

「え、や、はなし、て……」

詩帆乃が男を振り向き弱々しくそう言うと、男はどこか呆然《ぼうぜん》とした様子で彼女の顔を眺め、首をかしげる。

「……エーファ、じゃ、ない……？」

「彼女に、なんの用ですか」

ようやく詩帆乃の元にたどり着いた碧人が彼女を抱き寄せながら男を睨《にら》む。

その鋭い視線に射抜かれた男は、ぱっと彼女から手を離した。

碧人は呆然としている男を睨みつけながら観察する。

身長は一八五センチの碧人と同じくらい。小さな顔に対して不相応に大きなサングラスを合わせていてあやしげだが、鼻筋は通っているし手足が長い。

服もファッション誌から抜け出てきたようなサマージャケットに革靴で、なんというかモテそうというか金もってそうというかきちんとした雰囲気の不審者だ。

そんな風に男を観察してとった碧人の腕の中で、詩帆乃は困惑した様子で、けれど少し恥ずかしげにうつむいている。

「なんの用かって、訊いてんだけど」

呆然としたまま何も言わない男に苛立《いらだ》ちをあらわにして、碧人は低い声であらためて問うた。

「……あ。その、すまない。エーファに、その、僕の恋人に、彼女があまりにも似ていたから、その、間違え、て……」

そう言って男は頭を下げた。

男が詩帆乃の腕を掴んだ瞬間、彼女は男に対し、背中を見せていた。

どうやらただの人違いで不審者ではないらしいと考えた碧人と詩帆乃は、同時にほっと息を吐いた。碧人の腕がゆるむ。

「いやでもかすかにだけどエーファのにおいがする。けどこの世界に彼女はまだ、縁が足りないか数が足りないか。それとも僕以外との因果が結実した？　いやそれはない。ないはず。けれど……」

ぶつぶつぶつと、早口にわけのわからないことを男は言う。

やっぱり不審者だったかと思った碧人がぎゅっと詩帆乃を抱えなおした。

「におい……、ってなんですか気持ち悪い。シャンプーが同じとか？　それか、今日はちょっとだけ香水つけてるけどそれ……？」

詩帆乃が心底気持ち悪そうに、「どんびきです」と顔に書いてあるような表情でそう言った。

その言葉を聴いた碧人の頬に、朱が走る。

彼は腕の中の彼女からたしかにいいかおりがしていることに気がついてしまって、今更ながらこの距離の近さに恥ずかしくなってきた。

「あ、いや、そういうのでは……」

詩帆乃に問われた男は、思考をまとめるための独り言を打ち切り、一歩後ろへとさがり首を振る。

「重ね重ねすまない。勘違いだったみたいだ。その、恋人と、しばらく会えていなくて、あまりにも寂しくて、少し、錯乱していたのだと思う」

男はそう言って再び頭を下げた。

「要するにナンパ？　違うんならさっさとどっか行ってくれない？」

碧人が不機嫌な声でそう言うと、男はびくりと顔を上げる。

「ちがう！　僕はけしてそんな不埒《ふらち》なことは！　ナンパ……、なんて、する必要もないし、する気もないし、いや、たしかに僕はあやしかったけれども！」

ぶんぶんと手を振りながら、男は言い訳をした。

「あー、その、僕は……」

そこで言葉を切り、男はちらちらとあたりを見回す。

改札から流れ出てきた人の波は、すっかり去っていた。人はまばらにはいるが、みな周囲には無関心な様子で歩いているか、人待ち顔でスマホをいじっているかだ。

それを確認した男は、そっとサングラスをはずし、その顔をあらわにする。

サングラスの下から出てきたのは、完璧《かんぺき》に整った、息をのむほどの美貌《びぼう》だった。

少し色素が薄いのも手伝って純日本人ではないのかもしれないと思わせるような、ただその顔だけでナンパをする必要なんてないだろうと思わせるだけの、いくらでも人を魅了できそうな中性的な美しさだった。

「……？　なんか、どっかで見たことのある、顔なような……？」

首をかしげる碧人の耳に、ぽつりとつぶやかれた詩帆乃の声が届く。

「……久遠《くおん》、桐聖《きりせ》」

そう、たしかそんな名前の若手俳優の顔だ！

そのことに気がついた碧人はぎょっとした表情で、目の前の美貌の男をまじまじと眺めている。

詩帆乃が自分の名を言い当てたことにほっとした表情をみせた男は、そっとその美貌を再びサングラスで隠し、声を潜めながら告げる。

「そう。そういう立場の人間、なので、軽薄にナンパなんてしない、と、信じて欲しい。本当に、人違いだったんだ」

そう言って男は頭を下げた。

芸能人だからと無条件に信じるわけではないが、少なくともこの顔なら下手《へた》なナンパなんてする必要はたしかにないだろう。

そう思った碧人はようやく詩帆乃の拘束をゆるめた。

「なるほどそうですか。じゃ、私たちはこれで」

すると詩帆乃は硬い表情で早口にそう言って、ぺこりと会釈をした。

そのまま歩きだそうとする彼女をとっさにやわらかく抱きとめた碧人は、ふしぎそうな表情で詩帆乃に問う。

「……いいの？」

彼の姉か妹なら、街中で偶然名前がすぐに出てくるレベルの芸能人とあったら、もっとはしゃぐ。サインも写真もねだるだろう。

こんなにあっさりそのチャンスを捨ててもいいのかと信じられない気持ちの碧人に対して、詩帆乃は本当にどうとも思ってなさそうな表情で首を振る。

「興味ない。そろそろマジで時間ヤバイし」

そう言って今度こそ歩き出す彼女を追う前に、碧人はちらりと久遠桐聖を見て、会釈をした。

サングラスに覆われた彼の表情も感情も碧人には読み取れなかったが、まっすぐに詩帆乃の背中に向けられた視線と、先ほどの奇妙な言葉が、碧人の心のどこかにひっかかりを覚えさせた。


―――


よくよく考えたらとっさとはいえ抱きしめるとかなに考えてた俺めっちゃ華奢《きゃしゃ》だったくっそいいかおりした上目遣いもかわいかったああもうしばらくこの感触だけで生きていける……！

碧人はぐるぐるそんなことを考えながら、そんなことは表情には出さずに目当ての店にたどり着き、席に着き、注文をして、詩帆乃と雑談をしていた。

それでもどこか心ここにあらずのまま、先ほどの久遠桐聖との邂逅《かいこう》と詩帆乃を抱きしめた感触を幾度も思い出している。

彼が正気を取り戻したのは、注文していた料理がやってきて、それをひとくち口に含んだ瞬間。

火を通したナスの、ぐにゃりとした食感が口の中に広がったときだった。

気がつけば碧人の目の前には、ナスのボロネーゼ。

碧人はナスが苦手で、それも加熱したものは鬼門といっていいほどであるはずなのになぜこんなものを注文したのかわからず、彼は大いに困惑した。

自分の混乱ぶりにあきれながら碧人はそれをごまかすようにぐっと水で流し込み、口を開く。

「……結局、なんだったんだろうな？　さっきの」

碧人が尋ねた瞬間、詩帆乃はセットのサラダを食べていた。

彼女はもぐもぐと口の中身を咀嚼《そしやく》しながら、言葉を探している。

彼女も先ほどのことは意味不明で、なによりこわかったので反射的に逃げるように去ってきてしまったが、冷静になった今はもしかしたら、という可能性に思い至っていた。

唇についたドレッシングを紙ナプキンで拭《ぬぐ》い、水をこくりと飲んでから詩帆乃は口を開く。

「うーん、エーファっていうのはよくわかんなかったけど、よりにもよって久遠桐聖だから、なんか気になる、よね？」

詩帆乃は確認するようにそう尋ねたが、もしかしたら、にすらたどり着いていない碧人はふしぎそうに首をかしげる。

そんな彼の様子に気づいた詩帆乃は、胸の前でぽんとその両手を打ち鳴らした。

「そっか、遠藤君は知らないか」

詩帆乃の言葉に、碧人はこくりとうなずいた。

「あのね、久遠桐聖も、まじこい、に、関係があるんじゃないかな？　と言って言えないこともないようなそうでもないような、考えすぎとも言えるけど……、うーん、って感じ、なのさ」

彼女自身なんと言ったらいいのかわからないことを示す詩帆乃の言葉は、先ほどの久遠桐聖の言葉並みに意味不明で、碧人はますます首をかしげながら、パスタを咀嚼する。

「あのー、まじこい、神様ルートあるじゃん？　隠しの」

問われた碧人は、うなずいて、飲み込んで、口を開く。

「あの、他のルートだとずっと声しか出なかった神様キャラが攻略できるってやつ、だろ？」

他のルートではバルドゥールが死ぬか負傷をしたときに「泣かないで僕のいとし子」と言ってフィーネを覚醒《かくせい》させるだけの【神様】が、ノーマルバッドまで含む全ルートを攻略すると出現する、隠しルート。

碧人はそのルートの存在自体は知っていたが、それがどう今の話につながってくるのかがわからない。

「そうそれ。フィーネママが公爵令嬢で、それって王族の傍系ってことだからとかいう無茶理論でフィーネまで神の声が聞こえるようになって、神様と恋をするルートね。で、そのエンディングで、神様の花嫁になったフィーネは彼の住む世界に連れて行かれるんだけど、それがどうにも地球の現代日本っぽい……、ってのは、知ってる？」

詩帆乃にそう問われた碧人は、少し驚いたような表情で首を振った。

「知らなかったか。実はそうなんだよ。で、その神様が某W大に通いながら俳優としても活躍している超絶イケメンで、名前がクオンなの」

「それ……、まんま久遠桐聖のプロフィールじゃね？」

「そうなんだよ。一応偶然の一致ってことになってるけど、グラも似てるし、まじこいの制作が勝手にモデルにしたんじゃないのかって言われてて、『え、実質桐聖くんと恋ができるゲームとか神。桐聖くんも神だし制作も神』って一部の久遠桐聖ファンの間で話題になったりした、んだよね」

けれど。

偶然の一致、たまたま、そんな言葉で片付けてしまうこともできるだろう。

「その情報と、俺たちがまじこい世界と不思議なかかわりをしていること、それからさっきの久遠桐聖の言動を合わせて考えると、なにか大きな話の流れがありそうな、気もする、な?」

碧人が薄ら寒くなりながらそう尋ねると、詩帆乃は静かにうなずいた。

「ね。さっき呼ばれた名前が、エーファ、じゃなくて、フィーネ、だったらもう確定なんだけど、なんか、もやっと気持ち悪さだけが、残っちゃったねぇ……」

詩帆乃が憂鬱《ゆううつ》そうな表情でそう言うと、碧人は険しい顔で黙り込む。

彼の脳裏を占めるのは、すっかり愛着を持っているまじこい世界への手助けに横槍《よこやり》をいれられるのではないかという懸念と、なにかとハイスペックな久遠桐聖が自分たち、というよりは小林詩帆乃に今後関わってくるかもしれないという不安と焦燥感。

「ところで、さっきからめっちゃナスだけ避けているように見えるけど、苦手なの? それとも、好きなものは最後にとっておく派?」

険しい顔で考え込んでいる碧人に、詩帆乃はいたって軽く、そう尋ねてきた。

当然苦手なのだけれども。けれど彼はなんとなくかっこ悪い気がして、そのことを口に出せずに、ただ黙々と手と口を動かした。

きちんと、ナスも全部食べた。

第6章　ハンカチの中には

リーフェンシュタール領での三日間の休暇を終えて、私は今日、王都に帰らなければならない。

アルトゥルも、従者たちもすでに馬車へと乗り込んでいる。

私は彼らに促されても、リーフェンシュタールの家人たちが私たちに気を遣って城内へと戻っていっても、どうにもリーゼロッテとはなれがたくて、彼女との別れを惜しんでいた。

「あー、やっぱり、かえりたくない……」

私はそう言いながら、リーゼロッテを抱きしめようとした。が、するりとかわされてしまった。

さらりと逃げたリーゼロッテの顔を恨みがましく見つめていたら、そっぽを向いた彼女はつんとした表情で私をつきはなすようなことを言う。

「アルトゥル・リヒターも、従者の方々も、先ほどから殿下を馬車で待っています。護衛の騎士様たちなど近くに立ちっぱなしで、どれほど迷惑をかけていることか。いいかげんになさいませ」

「やっぱりリゼたんの家族に気を遣わせるまでリゼたんをかまい倒したのがだめだったんでしょうねぇ……」

「とはいえリーゼロッテの耳はほんのり赤くなっている！　照れている部分も大きいと思うぞ！」

あきれたようなコバヤシ様のお言葉と、私をはげまそうとするようなエンドー様のお言葉に、私はいい加減あきらめるべきかという気持ちになってきた。

「リーゼロッテは、さびしくないの……?」

けれどどうにもいまひとつあきらめきれない私がそう彼女に問うと、リーゼロッテは困ったように眉根《まゆね》を寄せて、私をなだめる。

「それは、その……。でも、あと一週間もすれば、夏季休暇も終わるじゃありませんの。そしたら、また、いつでもお会いできますわ」

ぷっ。

少し頬を赤く染めながらそう言ったリーゼロッテの言葉は、もっともだ。

もっともだが、素直に承服できるようなら、私はここまでぐだぐだと食い下がっていない。

「それは、そうだけどさぁ……。でもやっぱり向こうに戻ったら仕事しなきゃだし、やだ」

私の子どもじみた言葉に、短い笑いが漏れきこえた。

私が思わずリーゼロッテの顔を眺めると、彼女は口元を押さえ、恥ずかしげに目をそらしていた。

「し、失礼しました。……けれど、めずらしいですわね、殿下がそのようにおっしゃるなんて」

笑いをこらえながらそうつぶやいた彼女の言葉に、やってしまったかという気持ちで、私は彼女におそおっと尋ねる。

「……幻滅、した?」

「……え?」

リーゼロッテは小首をかしげている。

その表情は私の言葉を意外に感じているようで、まっすぐに私を見上げる瞳《ひとみ》に、嫌悪の色はない。

では、すべて言い切ってしまおう。

私は心情を吐露していく。

「私だってさぁ、弱るときもあるし、たまにはわがままだって言ってみたいんだよ。王子とか、王太子とか、未来の王とか、そういう自分の立場それ自体に誇りはもっているし、立派にまっとうしてみせるという決意もしている。でも、たまに、こうして、家族や友人にだけは、ときおり弱音をもらしてみたくもなるんだ」

それに、なんだかこの場を離れてはいけないような、リーゼロッテをひとりにしてはいけないような、そんなふしぎな予感というか、なんとも言えない不安感が拭《ぬぐ》えなくて。とは、あまりにも不確かすぎて言葉にはしないが。

率直な私の言葉を聴いたリーゼロッテは、その紫水晶の瞳をぱちぱちと瞬かせている。

「……がっかりした？」

私が弱った笑顔とともにそう確認すると、なぜだかリーゼロッテは瞬時に赤面し、彼女自身の心臓の辺りを押さえた。

「い、いえ、いえ、その、あの、……っ‼」

リーゼロッテは真っ赤《まか》な顔でぶんぶんと首を振り、そんな言葉にならない言葉のようなものをもらして、黙ってしまった。

そのまま目を閉じて苦しげに心臓のあたりを押さえたまま少し震えている彼女に不安になった私

の耳に、楽しげな神々の声が届く。

「おおーっと、リーゼロッテ、これは『ときめき過ぎて胸が苦しい』状態かー！」

「普段完璧《かんぺき》な王子様の弱った表情とか、びっくりするほどギャップ萌《も》えですからね。というか、『アルトゥル・リヒターばかり殿下に頼られていてずるい』、とか、『私にも少しくらい素の顔をみせてくれたらいいのに』とかリゼたんの手記に書かれていた記憶があります。今のリゼたんは甘えられた嬉《うれ》しさとジークへの愛《いと》しさが爆発してなんにも言えなくなっている状態かと」

そんなつもりでは、なかったのだが。

私までなんだか恥ずかしくなっていると、ふいにリーゼロッテが、ゆっくり吸って、ゆっくり吐いてと、深呼吸を始めた。

「……これ、を」

やがて彼女は小さな小さな声でそれだけを言うと、その手に持っていた彼女のハンカチをこちらに差し出してきた。

「差し上げますわ。その、なんと言いますか、私も応援していますから、というか、お疲れのでませんように、というか……」

「やっと渡したか！　あけろ！　そのハンカチをひろげろジーク、今すぐにだ!!」

「そのハンカチの中には、とってもいいものが入っていますよ！」

もごもごとしたリーゼロッテの言葉に重なる勢いで神々が口々に叫んだ言葉に、私はわけがわからないながらもそのハンカチを広げた。

「あっ……！」

この場で広げられることは想定していなかったのか、リーゼロッテがそんな声をあげてとっさにこちらに手をのばしてきたが、さっと彼女の手をかわしてハンカチを広げた。

大きめのそのハンカチの中には、リーゼロッテの瞳の色と同じ、薄紫色のリボンが、折りたたまれて入っていた。

きらきらと金糸の刺繍《ししゅう》で彩られたそれは、いつか私が彼女に依頼していたものだろう。

私がまじまじとそのリーゼロッテが手ずから刺繍を入れたと思われるリボンを眺めていると、彼女は焦ったように言葉をつむぐ。

「しょ、所詮《しょせん》は素人《しろうと》のつたない自作ですから、それほどできはよくないでしょうし、日々一流のものに触れている殿下にこのようなものを差し上げるのはいかがなものかとは思ったのですが、殿下自らのご所望でしたし、また私も一度は引き受けたわけですから、仕方なしに、ええ、仕方なしにお渡ししますのよ⁉」

「仕方なしというわりには、かなりの数を試作していた記憶があるぞ！」

「その一本をつくりあげるために、同じようなリボンをリゼたんは二〇本弱作成しました。布を変え糸を変え刺繍を微妙に変えあーでもないこーでもないと色々試し、そしていちばんできのいいものを選定して、それです」

エンドー様とコバヤシ様がそうおっしゃった。しかし神々の言葉がなかったとしてもきっとわかっただろう。

これは、かなり丁寧に作られた、いい品だ。

私が感動でいっぱいになりながらそのリボンを眺めていると、リーゼロッテが不安げな表情でなおも言い訳のような言葉を続ける。

「殿下のご注文は金に紫の刺繍でしたけれども、それですとどうにもバランスがよくなくて、ああ、いえそれも決していい出来ではないのですけれどそれでも少しはマシな方でして……」

「ありがとう」

次第にしょんぼりと声が小さくなってしまった彼女の言葉をさえぎって、私は今度こそ彼女を抱きしめながら、万感の思いをこめてそう言った。

「やっぱり綺麗《きれい》な意匠で、見事な刺繍の腕前だね。なによりこれに君が丁寧に気持ちをこめたことがわかるような、すてきなリボンだ。本当に、嬉しい。ありがとう」

「し、刺繍なんて、ただ淑女のたしなみの一環、ですわ。それに意匠は伝統的なこの国のまじないを組み合わせたもので、それほど大したものでは……」

なおも謙遜《けんそん》を口にしながら私の腕の中でもぞもぞと居心地《いごこち》悪げにしているリーゼロッテをぎゅうぎゅうと抱きしめていると、コバヤシ様の嬉しげな声が私の耳に届く。

「たしか身の安全と健康を願う文様だってリゼたんが前にフィーネちゃんに説明してました。あ、ちなみにフィーネちゃんもリゼたんの試作品のうち一本をもらってますよ。水色にピンクのフィーネちゃんカラーのやつですけど」

女神様によって知らされた『私よりも先にフィーネがリーゼロッテ手製のリボンを贈られてい

る』という事実は、若干面白くなかった。

けれど、まあ、リーゼロッテの色を贈られたのは私だけなら、いいか。いいということにしておく。

いい加減私の腕の中のリーゼロッテが熱中症になるのではないかというくらいに熱くなってきているので、少し腕をゆるめた。

それから私は満面の笑みを彼女に向ける。

「本当にありがとう、リーゼロッテ。このリボンを君だと思って、もってかえらせてもらうね。大事にする。少し疲れたときや、君に会いたくなったときは、これを見てがんばるよ」

私がそう彼女に伝えると、彼女は真っ赤な顔で、ゆっくりとぎこちなくうなずいた。

「近いうちに、私のことを思い出してもらえるなにかを、お礼に贈らせてね」

「……べつに、謝礼を期待して、つくったわけでは、ないですから」

恥ずかしげに下を向いてぽつりとそう言った彼女の表情は、わからなかった。

期待してくれればいいのにと思い、更に腕をゆるめてその顔を覗《のぞ》き込もうとしたら、キッとリーゼロッテににらみつけられて、少したじろぐ。

「さ、さあ、もう観念なさって、出発なさいませ！　またすぐに新学期ですし、皆様お待ちなのですから！」

私はまだ名残惜しいような気はしていたが、はなむけの品までもらってしまったことだし、仕方がない。

「そうだね。……また、新学期に」

そう言いながらゆっくりと腕をゆるめていくと、リーゼロッテは一瞬だけ寂しげな表情でうつむき、それからすがるような上目遣いで私を見上げ、ぽつりと別れの言葉を口にする。

「……また、新学期に、お会いしましょう」

彼女も、寂しがってくれている。

その涙に濡《ぬ》れた紫水晶の瞳でそう確信できた私は、ひとつ深呼吸をして、彼女から離れた。

実際の気温は高いのに、少し寒いような気分になったが、それを振り切るように踵《きびす》を返す。

そのまま彼女の視線を背中に感じながら、馬車へと乗り込んだ。


「やーーーーっと、来たか。何時間待たす気だよ、ったく」

私の馬車に同乗するアルがあきれたようにそう言って、私を出迎えた。

「すまない」

私はそう言って頭を下げながら、手の中の、今彼女にもらったばかりのリボンをそっとなでた。

「……まあ、お前がこんな風にわがままを言うなんて、めったにないから、いいけどよ」

アルはそう言って、どこかほっとしたように笑った。

彼と家族以外に、私が弱音を漏らせるような存在は、今までいなかった。

彼としてもそんな私のことを心配してくれていたのだろう。

この旅行もそうだし、彼は私にもっと肩の力を抜くようにと日々アドバイスしてくれている。

そんな得がたい友の隣に私が座ると、馬車がすぐに動き出した。どうやらよほど待たせてしまっていたようだ。

あとでアルにもみんなにもきちんと謝罪とねぎらいをしなくては。

そんなことを考えながら窓の外を眺めると、リーゼロッテが私たちの一団に頭を下げて見送っているのが見えた。

そのとき。

「この二人の様子なら、きっと大丈夫、だよね……」

どこか不安げな声音のコバヤシ様のそんなお言葉が、私の耳に届いた。

それはきっと解説でも、私に語りかける言葉でもなく、ただの独り言だったのだろう。

小さな小さな、ともすれば聞き逃してしまいそうだったそれは、私に少しの不安と、かすかな嫌な予感を、確かに植えつけた。

◇◇◇　助けて、神様……!!

夏休みがあけて、新学期が始まってから三日がたった日の、夕刻。

「会えない時間が愛を育てる、とは、どこの誰《だれ》が言ったのだったかな……」

その家の裕福さを示すような大きなガラス窓の、豪奢《ごうしゃ》な家具に囲まれた部屋の中で、その中央の応接セットのソファに腰掛けたバルドゥールは、そんな言葉を口にした。

彼の対面に座るその部屋の女主人、リーゼロッテは、ぴくりと片眉《まゆ》だけをあげて、彼の言葉に耳を傾けている。

「夏休みにはいって、毎日顔を合わせていたフィーネ嬢に会えなくなってしまってから、日常が色あせたかのような寂寥《せきりょう》感と、大切ななにかを奪われたかのような喪失感にさいなまれていることに気がついたんだ。ふいにただ彼女のことを思い浮かべるだけでしあわせで、だからこそ彼女がここにいないことがつらくて、切なくて、会いたくて、愛《いと》しくて……、と、そこまで考えてから、はたと気がついた。『つまり、俺は、フィーネ嬢に、恋愛感情を抱いているんだな?』と」

「気がつくのがあまりに遅いわね」

リーゼロッテは、ばっさりと切り捨てるようにそう言った。

バルドゥールは一瞬ぐっとうめき、憮然《ぶぜん》とした表情で口を閉ざす。

けれど彼は、さっさと続きをはなせとばかりに睨《にら》んでくるリーゼロッテの視線に負けて、弱々しく頭を振りながら言い訳を口にする。

「いや、やたらにかわいい少女だな、とは、前々から思っていたんだ。ただ、彼女が入学してからずっと目で追ってしまうのは、彼女が学園に入学するまでの経緯と、ずば抜けた強さ、そしてそれらを備えていることが信じられないようなまだ幼さの残る可憐《かれん》な容姿が気になってのことだろうと思っていて……」

ぼそぼそとそう言ったバルドゥールに、リーゼロッテは馬鹿にしたかのような冷笑を返す。

「『気になって』というのが恋愛感情じゃないと、どうして思えていたのかが、私にはさっぱりわからないわね」

「一度自覚してしまえば、自分でもそう思う。でも、そもそもお前があまりにあの子につっかかるから庇護《ひご》してやらなきゃ、気にかけてやらなきゃと思ったんだ。更に神にも彼女を守るという使命を与えられて、だから気になるのも側《そば》にいるのも当然で、だから……」

「使命感、責任感。そんな感情のつもりでいたと、言いたいわけ?」

リーゼロッテに問われたバルドゥールは、ぎこちなくうなずいた。

けれどそれにしては彼の感情と行動は明らかに過剰で、当のフィーネにすらもはっきりとそれは恋愛感情だろうと推察されてしまうほどのものだった。

夏季休暇中にようやくそのことに気がつけたらしい彼は、けれどさすがに自分が鈍かった自覚はあるらしく、ふい、とリーゼロッテの追及するような視線から目をそらした。

そんなバルドゥールに、リーゼロッテは遠慮のない言葉を畳み掛けていく。

「まあ、夏休み前までは、そうだったかもしれないわね。けれど、夏休み中に自分の恋心を自覚して、じゃあなんで、今、あなたはうちのかわいい妹をちゃんと口説かないのかしら、っていう話なわけよ」

再びそこに戻ってきてしまったか、と、バルドゥールはため息を吐《つ》いた。

そもそもこの会合の主題は、はじめからそこだった。

バルドゥールは王都にある本家の別邸までリーゼロッテに呼びつけられ、彼女の私室で『なぜうちのかわいい妹を口説かないんだ』という尋問を、先ほどから受けているのだ。

「だから、自覚したのもごく最近のことで、しかもまだ再会して三日目なのに、いきなり告白なんてできるわけが……」

「告白とまでいかずとも、夏休み前には口説いてたでしょう。そもそもリーフェンシュタールの人間が、【好き】を我慢なんて、できるわけがないわ。夏休み前のあなたは無自覚ながら実にリーフェンシュタールらしかったのに、なにを今更怖気《おじけ》づいているのよ」

冷静にそう指摘されたバルドゥールは、すねたような表情になって、頬杖《ほおづえ》をつく。

それは、事実だ。

あまり理屈を捏《こ》ね回すのが得意でないリーフェンシュタールの人間は、みな情熱的で、心に決めたら一直線だ。

その性質は国と王家への忠誠心というかたちでこの家をここまで盛り立ててもきた。

恋を自覚して、護衛として隣にいられることを神に感謝して、フィーネの見目の愛らしさも、性格のまっすぐなところも、考え方がシンプルなところも、戦士としての気高さも兼ね備えているところも、たまらなく愛《いと》しいと日々身悶《みもだ》えている彼が、自身の婚約者候補の話すらも白紙になった今、正面からフィーネを口説きにかからないことなど、不自然なほどだ。

「だって……、今更口説いたら、まるで俺が家督惜しさにフィーネ嬢に偽りの愛を告げているみたいじゃないか……」

バルドゥールがぼそぼそとそう白状すると、リーゼロッテは心底驚いたようでその眼《め》をぱちくりとさせている。

「だってそうだろ。というか、俺は近いうちには告白するつもりでいたんだ。それが……、なんだこの事態は、わけがわからないだろうがっ……！」

腹立たしげにバルドゥールがそう言い捨てると、そのわけのわからない事態を引き起こした張本人であるリーゼロッテは気まずげに目をそらす。

「俺は確かに自分の恋愛感情を自覚した。そして同時に、双子の言った通り、俺には政略結婚ができるほどの器用さはないとも自覚した。だからおじ上に剣を返そうとしたし、きちんと本家に頭を下げて跡取りの件は白紙にしていただくつもりでいた。けれど、おじ上が涙ながらに止めてきて、ならば時間をかけて丁寧に説得しようと、事前に両親と弟たちにも話を通そうと思って……。騎士職を失ったあとの自分の身の振り方、剣の腕を生かせるのは用心棒か冒険者か傭兵《ようへい》かと、そこまで考えていた、のに……」

それなのに、リーゼロッテ主導でフィーネはリーフェンシュタール本家の令嬢となり、バルドゥールがフィーネを口説くにあたっての障害は、一切消滅した。してしまった。

『フィーネはリーフェンシュタールの血統で本家の正統な後継となるべき存在なので、当主の養女に迎えたし彼女と結婚した者が侯爵位を継ぐ。バルドゥールは本家の後継者からは外されたので、後継者に戻りたかったらフィーネを口説き落とせ』

これが先日、リーゼロッテとその父であるリーフェンシュタール侯爵からバルドゥールに伝えられたことだ。

そう宣言されてしまってからでは、たしかに彼の行動を家督惜しさと評する人間も、いるかもしれない。

「あなたに言わずに話をまとめてしまったのは、悪かったと思ってるわよ……」

うなだれたバルドゥールにリーゼロッテが気まずげに謝罪をすると、彼はため息を返した。

「別に、ああいう事情であれば、急いで話をまとめるのも、すぐに世間に公表するのも、仕方ないさ。元々俺は当主という立場にそれほどの執着はなかったし、フィーネ嬢の身を守るために必要なことだとわかるから、よろこんで賛同する」

よろこんで、と言いながら不機嫌なままのバルドゥールを、ではなにが不満なのかと、リーゼロッテは半眼でにらむ。

「ただな、俺が告白する前にそうなってしまったことで、今から『俺は、フィーネ嬢を愛してる』と心からの真実を言ってもうそ臭い。いや外野はどうでもいいんだが、フィーネ嬢にそう思われて、彼女の信頼すら失って、護衛としてすら側にいられなくなったらどうするんだって話だ」

ため息とともにそう言ったバルドゥールをリーゼロッテは切って捨てる。

「だからといって夏休み前よりもむしろ距離をとるような態度をとっているのは、意地を張りすぎているというか、素直じゃないわね」

「リーゼにだけは言われたくない。世界一素直じゃなくて究極にいじっぱりなのは、お前だろ」

バルドゥールの言葉にかちんときたリーゼロッテは、冷たい表情と声音で、更なる追撃をする。

「ヘタレ」

短く吐き捨てられた罵倒《ばとう》は、いい角度でバルドゥールの心をえぐった。

黙ってうつむいてしまった彼にあきれたような表情で、リーゼロッテは言葉を続ける。

「今からだって土下座して、涙でも流して、ひたすらに愛を乞《こ》えばいいじゃないの。そこまですればうそ臭いなんて思わないだろうし、あなたから家督を奪ったと負い目に感じているフィーネなら、きっとあなたを哀れんで、とりあえず交際くらいは了承してくれるに違いないわ」

「だからこそ、嫌なんだろう……」

自分のプライドの問題だけではなく、彼女の良心につけこむようなことをしたくはないバルドゥールは、そう言って頭を抱える。

「利用できるものはなんでも利用する。己の敵は力でもって排除する。リーフェンシュタールたるもの、それくらいの貪欲《どんよく》さは欲しいわね」

リーゼロッテはそう言って、酷薄な笑みを浮かべた。

けれどそれは、リーフェンシュタールというよりは彼女個人のやり方だ。

ジークヴァルトの婚約者としての地位を、実際になにをしてでも守り続けてきた少女の過激な言葉を聴きながら、ふいにバルドゥールはあることに気づく。

「そういえば……、お前がフィーネ嬢を自分の妹にすると言い出すとは、思いもよらなかったな」

春先には排除対象として見ていたはずだ。

それが、リーゼロッテの身内のバルドゥールが、哀れな被害者であるフィーネを気にかけるきっかけでもあった。

彼の指摘を受けたリーゼロッテは、一度ゆっくりと深呼吸をしてから、口を開く。

「私が、ジークヴァルト殿下とフィーネの仲のよさに、嫉妬《しっと》していたという事実は、認めるわ。平民であったときすら友人として認められていた彼女が侯爵令嬢となった今、私にとっての最大の脅威である、ということも」

バルドゥールに聴かせる、というよりは自分の心の中身を言葉にしてつまびらかにするようにそう言うと、彼女は伏せていた目線を、まっすぐ前へと向けた。

「けれど、私は彼の婚約者で、これまで受けてきた教育も、続けてきた努力も、重ねてきた愛情も、誰にも負ける気は、しないから。殿下は誠実で頭の良いお方だもの、きっと正当で合理的な判断を……、して、くださる、かと……」

彼女の声音は、その不安な内心をあらわすように、次第に弱々しいものになってしまった。

「……泣くな」

つ、と一筋こぼれた涙を見て取ったバルドゥールが困ったようにそう言うと、リーゼロッテはぴっと指先で涙を払って強がりを口にする。

「泣いていないわ」

「泣くくらいなら、そんなこと言い出さなければよかったものを」

あきれたようなバルドゥールの言葉に、リーゼロッテははっきりと首を振った。

「フィーネからこれ以上、奪うわけにはいかないもの。あの子が怪我《けが》をしたり、お腹《なか》をすかせたり、悲しんだり、孤独を感じたり……、まして、命を奪われることなど、ゆるされるわけがない」

きっぱりと誇り高くそう断言したリーゼロッテの善良さに感心した気持ちで、バルドゥールは彼女を眺めていた。

ところがそんな彼女は急にきっと強い視線で彼をにらみ、その勢いに彼は少したじろぐ。

「だから、バルはさっさと土下座して愛を乞うてフィーネに尽くすべきなの。うっとうしいくらいの愛情でもって、彼女をすべてから守りなさい」

「そこに戻るのか……」

「戻します。……まあ、本人に告げる告げないは別として、あなたがフィーネのことが好きだという私の見立ては、間違っていなかったのよね？」

ふいに弱気な表情になって、リーゼロッテはそう尋ねた。

家督を譲ってもいいくらいに彼がフィーネを愛していなければ、その前提が間違っていれば、彼も彼女も、みなが不幸になってしまう。

リーゼロッテとしては何度も確かめたくなるくらい、どうしても気にかかる部分なのだろう。

「それは事実だ。自覚したのは夏休みに入ってからだが、俺はたしかに、フィーネ嬢を愛している。以前からそのように見えていたというお前の見解は、間違っていない」

彼が素直にそう認めると、リーゼロッテはほっと息を吐いた。

「よかった。そうよね。ところでバル、ひとつ謝らなければいけないことがあるの」

珍しく笑顔でそう言った彼女に嫌な予感を覚えながら、バルドゥールは慎重に先を促す。

「……なんだ？」

「あなたはここ三日、フィーネを学園の職員寮まで送り届けてくれていたようなのだけれども、実は彼女は現在あちらに住んでいるわけではないの。ごめんなさいね」

にこにこと深みを増していくリーゼロッテの笑顔に、バルドゥールの嫌な予感は加速する。

「彼女は寮から荷物を運び出したり、寮のお夕飯を食べ納めたり、お世話になった職員の方々と別れを惜しんだりしていただけで、夜にはこちらに戻ってきていたし、既にここに住んでいるわ」

続けられたリーゼロッテの言葉にとうとうひとつの確信を覚えて、バルドゥールはいきおいよく立ち上がった。

「その引っ越し作業も昨日《きのう》までの話で、今日は寮からすぐに私と同じ馬車に乗っていっしょに帰って来たの」

バルドゥールはもはやそんなリーゼロッテの言葉など聴いていない様子で、気配を探る。

「……明日からは、あなたの家の馬車にいっしょに乗せて、この家まで送り届けてちょうだいね」

そこまで言いきるとリーゼロッテも立ち上がり、部屋を出ていこうとする。

彼女の視線が、一瞬だけ動いた。

「……ここか！」

彼が確信を持って開けた、リーゼロッテが一瞬だけ視線をやった先、ウォークインクローゼット。

その中には、真っ赤《まっか》な顔をしたフィーネがいた。

気配に気がつかなかった己の未熟さを悔やむべきか、己の恋敵となりうる彼女を排除するためなら彼をも利用しここまでするリーゼロッテに感心するべきか怒るべきか。

バルドゥールは一瞬迷ったが、もうリーゼロッテはするりと部屋を出て行くところだった。

こうなっては、仕方がない。

「土下座は、最終手段か……」

バルドゥールは鬼気迫った様子でそうつぶやくと、硬直しているフィーネの手をとり、部屋の中央、先ほどリーゼロッテが座っていたソファへと導く。

困惑した様子のフィーネを座らせ、その手前に跪《ひざまず》いて、彼女を見上げ、深呼吸。

愛の告白なんてもの、どうしたらいいのかなんて知らない彼は、ただ自分の素直な気持ちを、愚直にまっすぐに、彼女に、告げることにした。

――

フィーネは、最近彼女の姉になったばかりのリーゼロッテのことが、好きだ。大好きだ。

さすがに恋愛感情とまではいかないが、それでも世界で一番といっていいくらいに、彼女のことを尊敬して、好いている。

二人が出会った当初、フィーネはリーゼロッテをおそれていた。

リーゼロッテはフィーネから見て一分の隙もない完璧《かんぺき》な貴族令嬢だ。

根が小市民のフィーネにとって、所作も経歴も成績も容姿も完璧に美しすぎる彼女は話しかけるのすら恐れ多いような存在だった。

しかもライバル視されてつっかかって来られては、恐怖を抱いて当然だろう。

けれどフィーネは彼女と交流し、口ではなにかとけなしながらも次から次に物を与えたりフォローをしたり指導をしてくれる彼女のことを、もしかしていい人なのかと思い始めた。

更にリーゼロッテの言動を正しく理解して微笑《ほほえ》ましく見守るジークヴァルトをはじめとする彼女の周囲の人々の存在によって、とうとうフィーネは気がついた。

『あ。リーゼロッテ様って、ただのツンデレってやつなんだ』と。

リーゼロッテはどこまでも善良で、ただ恥ずかしがり屋でいじっぱりなせいで言葉がきついだけの、かわいい少女だった。

彼女はフィーネに、物も知識も惜しみなくわけ与えてくれた。

血縁があると判明したら、即座に家族として迎え入れ、保護してくれた。

そうして色々なことが積み重なっていった結果。

いつしかフィーネは、『お姉様かわいい！　大好き！　どうにかすこしでも恩を返したい！』と強く考えるようになっていた。


「ねぇ、フィーネ。ひとつお願いというか、私のためにやってほしいことがあるのだけれども……」

だから、リーゼロッテにそう言われた瞬間。

フィーネは考えるよりも先に、口が動いた。

「はい！　なんでもします、お姉様！」

あまりにも勢いよくこたえたフィーネの様子に、リーゼロッテはくすりと笑った。

その所作も上品で美しくてけれど色っぽく、フィーネはほう、とため息を吐《つ》く。

「ありがとう。でもそんなに難しいことではないわ。ただ、あなたにはしばらくこの中で大人しくしていて欲しいの」

フィーネはそう言って指し示された彼女の部屋のウォークインクローゼットに、返事の代わりにすっと入りこんでみせた。

そしてくるりとリーゼロッテを振り返り、ふんすと鼻をならして彼女を見上げる。

すかさず優しく頭をなでられうっとりしているフィーネは、既にこの命令の理由も背景もどうでもよかった。

「うん、いい子ね。ねえ、フィーネ。これからなにが起きようとも、ただこの中で黙っていてね？　物音もたてではダメよ？　ただひたすらに、大人しく、聞いていて、ね？」

幼子に言い含めるようなリーゼロッテの言葉と優しい手に、フィーネは恍惚《こうこつ》の表情のままこくこくとうなずく。

ワタシいい子。ワタシ喋《しゃべ》らない。ワタシ暴れない。ワタシ大人しくする。できる！

そんな決意をその瞳《ひとみ》にきらきらと乗せてリーゼロッテを見上げたフィーネを、リーゼロッテは満足そうにひと撫《な》でして、扉を閉めた。


――


こうしてフィーネは、信じられないほどの羞恥《しゅうち》を味わわされたわけだった。

リーゼロッテの誘導にのせられたバルドゥールは切々とフィーネへの恋情を吐露し、フィーネはそれをクローゼットの中で、姉の言いつけを厳守して身悶《みもだ》えのひとつもせずに聴いた。

そして現在。フィーネはバルドゥールによる怒濤《どとう》の追撃を受けている。

「信じてほしい、フィーネ嬢。俺は、心から、貴女《あなた》のことを愛している。貴女に会えないとそれだけで世界は色を失ったようで、貴女がただ側《そば》にいてくれるだけで世界は美しく、貴女の笑顔のためならばこの命など惜しくないと、心の底から思えるほどだ。この身を焦がすほどの思いを、どう言葉にすれば、貴女に伝わるだろうか？」

お前、普段そんなに喋る方じゃないだろ！

思わずフィーネが心の中でそう叫ぶほどの勢いで続けられる殺し文句に、フィーネは視線をうろうろとさまよわせながら赤面することしかできなかった。

「ちょっと、ちょっとだけ、待ってくださいぃ……」

堪えきれなくなったフィーネがどうにか絞りだすようにそう言うと、ようやくバルドゥールはその口を閉ざす。

そのまま不安に揺れる瞳で彼女を見上げる彼を、フィーネは未知の生物を見るような目で見下ろしていた。

フィーネがバルドゥールの手によってクローゼットから引っぱり出されて、彼女が盗み聞きを謝罪すべきか、逆に無理矢理なにも聞いてなかったことにするか、いっそ失神でもして事態をうやむやにすべきかと悩み混乱を極めているうちに、彼は息を吐く暇すら与えずに愛を告げた。

戦闘のときの彼の打ち込みを思わせるような言葉のラッシュだった。

彼は家督なんてどうでもいい、ただフィーネ個人のことがひたすらに好きだと、そのことを、まっすぐに、伝えた。

伝えられたフィーネは殺されるかと思っていた。『やめて恥ずか死する』と本気で考えた。

「バル先輩には、恥の概念はないんですか……？　なんでそんなに淡々とこっぱずかしい言葉を次々に口にできるんですか……」

ようやく少し落ち着きを取り戻したフィーネがこわごわとそう言うと、バルドゥールは軽く首をかしげて、逆に彼女に問いかける。

「こうなってしまっては、もはや恥ずかしいだなんだと言ってる場合ではないだろう？　俺だって緊張はしているが、なんというか、俺は困難な状況ほど楽しい性質《たち》だしな。貴女も、絶体絶命の状況ならば、いっそ守りを捨てて攻めに転じるだろ？」

たしかにフィーネもバルドゥールも、ピンチのときほど燃えるタイプのバトルマニアではある。けれどフィーネにとってそれは命のやりとりの場面に限られた話だ。

筋は通っているとは思えどこの状況に当てはめるのはさすがにちがう気のするフィーネは、なんとも言えない表情でうなっている。

そんなフィーネの両手をそっと握りしめたバルドゥールは、彼女の小さな手に彼の額を触れさせ懇願する。

「頼む、フィーネ嬢、それだけ必死に、あなたの愛を、乞《こ》うているんだ。どうか俺を、貴女の側に置いてやってくれ」

「そんなことを、言われても……。私は、まだ、混乱してるんです……。いえ、バル先輩のことは、嫌いじゃないです。むしろ、その、けっこう……、好き、だと、思います」

段々と小声になりながらもフィーネがなんとかそう伝えると、バルドゥールはぱっとその顔をあげた。

彼のその藍色《あいいろ》の瞳に希望が宿っていることに気がついたフィーネは、焦ったように続ける。

「でも！　今すぐ結婚とか婚約とかそんなのは、さすがに無理です！」

心底焦ったように早口で伝えられた言葉を、彼は鷹揚《おうよう》にうなずいて受け止めた。

「え、いや、バル先輩、意味わかってます？」

不安げにフィーネが尋ねると、バルドゥールは動じた様子のないままに口を開く。

「俺はただ、貴女を愛していることを信じてほしいと言っているだけだ。いずれ恋人関係、将来的には結婚と段階を踏んでいければとは思っているが、もとより最終結論までは求めていない」

あっさりと告げられた言葉に、フィーネは拍子抜けしたように息を吐いた。

「そう言われてみれば、そう、でした。バル先輩は、結婚してくれとは、今まで一言も言ってませんでした、ね……」

「あ、いや、結婚してほしいとは思っている。生半可な覚悟で貴女の愛を乞うているわけではないけれど、あくまでも貴女の気持ちが最優先だ」

「……それ……、うう──……」

どこまでもストレートに愛を乞う彼の言葉に、結局はプロポーズと同義の言葉を告げたバルドゥールに、フィーネは困惑した表情でうなった。

「すまない。性急すぎた。そうだな、まずは、貴女の考えを聴かせてくれないか……？」

少し焦った口調で彼が告げた言葉に、フィーネはすこし肩の力を抜いて、語りだす。

「なんていうか……。私はそもそも、ずっと庶民として生きてきたんですよ。今でも心は庶民です。

結婚っていうのは好きな人と何年かお付き合いをして、同棲《どうせい》、……は、まあしない人も多いですけど、とにかくいっしょに暮らしても平気だなと思えるくらいに関係が深まって、それからするもの、だと、思っているんです」

考え考えゆっくりと喋るフィーネの言葉を、バルドゥールはうなずきながら真剣に聴いた。

「それはそうだろう。今までの考えを捨てる必要性などない。俺だって、フィーネ嬢以外と家のために結婚しろと言われれば、それこそ、山にでも逃げる」

いつぞやのやり取りを思い起こさせる彼の言葉に、フィーネはくすりと微笑《ほほえ》んだ。

「ただ、俺のことが嫌いではないということであれば、結婚を前提とした交際を申し込ませてほしい、とも思う。それも、まだ受け入れられない、だろうか……」

不安げにそう尋ねたバルドゥールの言葉に、フィーネは困ったような表情で考え込む。

「いや、お付き合い自体が、嫌というか、私たちの立場でそれをしたら周囲はもう絶対結婚して侯爵夫妻になると思うわけで、リーフェンシュタール侯爵あたりなんかはめちゃくちゃ喜びそうなわけで、もう引っこみがつかなくなるというか別れるなんてできなくなるんじゃ……？　とか不安にもなるわけで……。いや別れるつもりは今のところないけどそもそも侯爵夫人確定コース自体まだ受け入れられていないっていうか、その……」

とりとめもないフィーネの言葉を、バルドゥールはただ黙って聴いていた。

彼女の出す結論を待っている様子に気がついたフィーネは、へにゃりとその眉《まゆ》を垂れ下がらせる。

あ、これ、私に判断ゆだねられてるんだ？　嫌だ。困る。

ああもう、誰か、助けて！

助けて、誰か……、助けて、神様……‼

フィーネが心の底から、そう祈ったその瞬間。

「あー、口はさみてー」

「ジークがいないと私たちは所詮《しょせん》ただの外野だからね……。でもマジで口はさみたーい。二人ともまじめすぎるー」

いきなり、そんな男女の【声】が、響いた。

「え。……なに？　だれ？　どこ？　……上？」

【声】の聞こえたフィーネはそう言いながらきょろきょろと周囲を見回すが、部屋の中に、彼女とバルドゥール以外の姿はない。

「俺の与えた寵愛《ちょうあい》でバルの行動を見るところまではうまくいったのに、そっから先がなぁ……」

そんなため息交じりの男の声が響いた。

やっぱり上だと確信したフィーネは声の聴こえた方角をにらむが、彼女の視線の先には、天井しか見えない。

「上……？　フィーネ嬢、上がどうかしたのか？」

バルドゥールは困惑した様子で、フィーネに尋ねた。

彼にはその声が聴こえていない。その事実に思い至ったフィーネは、ざっと顔色を悪くする。

「とりあえず付き合っちゃえばいいのになー」

「ね。いざとなっても、フィーネならアルを頼って神殿に入ることだってできるし。そのままバルとくっつくにしてもグッドエンドなら二人で平民になって楽しく冒険エンドだったしねぇ。別に交際即結婚絶対に侯爵夫妻ってわけじゃないんだし、普通に付き合っちゃえー」

バルドゥールとフィーネの様子の変化に気がついていないらしい声たちは、そんな、この世界のすべてを知っている神々のような言葉を、無責任に天から降らせた。

「ちょっと、待って、ください‼」

フィーネは大きな声で、そう叫んだ。

「おっ？」

「あれ？」

声はそう言って、黙った。

「あの、さっきから二人の声が聴こえているのって、私、だけ、ですか？」

もしかして。いやまさか。

そんなありえない、あるはずのない可能性に気がつきつつあるフィーネは、おそるおそるバルドゥールに尋ねた。ところが彼は不思議そうな顔のまま、首をひねる。

「……二人の、声？」

「やだ。やっぱりバル先輩には聴こえてない？　ほら、男性と女性の……、ああ、やっぱり聴こえてませんね？　これ、まさかジークヴァルト殿下の言ってた、【神の声】ってやつなの……？」

半分泣きそうになりながらそうつぶやいたフィーネの言葉を、バルドゥールは困惑しながら聴いている。

けれどそのつぶやきの意味を正確にとらえた存在が、たしかにいた。

「おーっと、ここにきて、フィーネが覚醒《かくせい》したー!?」

「覚醒きちゃいましたかね!? フィーネちゃん、私たちの声が聴こえているなら、ぱちりとウィンクでもしてみてください!」

ジークヴァルトには【実況のエンドー様】と【解説のコバヤシ様】と呼ばれるその二人が興奮した様子で続けた言葉に、フィーネは戸惑いながら、それでもゆっくりとその指示に従う。

……ぱちり。

「は? かわいい」

フィーネが推定神々の声にしたがって戸惑いながらしたウィンクは、なぜかバルドゥールの心を射抜いた。

なんか変な言葉が彼の口から聴こえたなと困惑するフィーネの耳に、嬉《うれ》しげな男女の声が届く。

「聴こえてるなこれ! 俺は実況の遠藤《えんどう》!」

「私は解説の小林《こばやし》です! 返事は不要! ただ聞き流すのが私たちの正しい活用法です!」

「なんだいきなりそんなかわいいことをして……。これ以上好きにさせていったいなにをしようというんだ……。なんだ……? 俺はドラゴンでも狩ってくればいいのか……?」

【実況のえんどう】様に、【解説のこばやし】様! 間違いない、殿下の以前言っていた神々の声だ!

そう確信したフィーネは、けれどなによりまずは暴走を始めつつあるバルドゥールを止めることに決めた。

「やめてください！　なんでそわそわしてるんですか本気でドラゴン倒しにいく気ですか⁉　危ないことはダメです‼」

一息にフィーネがそう叫ぶと、バルドゥールは立ち上がりかけた膝《ひざ》を再び床につけ、少し残念そうな表情で彼女を見上げた。

「そうだ、俺たちにかまっている場合じゃないぞ！　がんばれフィーネ！」

「フィーネちゃん、最初からバルは『家督にはこだわらない』と言っています。侯爵夫人になんてなりたくないといえば、あなたと駆け落ちだってしますよ！」

嬉しげに楽しげに告げられた解説の言葉に、フィーネは衝撃を受けた。

けれどそのもっともらしく響いた女神の言葉と、これまでのバルドゥールの態度に一縷《いちる》の希望を見出《みいだ》した彼女は、ごくりとつばをのみこみ、そっと尋ねる。

「バル先輩……、もし、もしもですけど、『私はあなたのことは好きだけど、侯爵夫人になるのはイヤだ』って言ったら、……どうしますか？」

「そのときは貴女を連れてこの国から逃げよう。さいわい俺も貴女も腕に覚えがある。どこでだって生きていけるだろうし、俺のもてるすべてでもって、貴女に苦労はさせないと誓う」

迷いなく、間髪いれずに、あっさりとバルドゥールが告げた誓いは、フィーネに感動と、たしかなときめきを与えた。

けれど彼女はなお慎重に尋ねる。

「……バル先輩は、それでいいんですか？」

フィーネはそれでよくても、それがよくても、彼に無理をさせたいわけではなかった。

おそるおそるフィーネが尋ねた言葉は、けれどこれまたあっさりと、バルドゥールに首肯されてしまう。彼は変わらぬ表情で、淡々とこたえる。

「貴女が平民だと信じていた時期に、リーフェンシュタールの名を捨てる決意は、とうにしていた。騎士を辞める覚悟も、そのあとの生活のあても、既にある。二人でこの家に残る場合ほどの贅沢《ぜいたく》をさせてやれる自信はさすがにないが、貴女がこの家を快適だと思えないならば、俺にとってそれは何の価値もない」

「贅沢……、は、興味ないですけど。私は根が庶民なもので。けど、バル先輩は、ずっと貴族の子息として生きてきたわけで、しかもご家族を捨ててもらうかたちになってしまうわけで……。その、あまり無理をさせたくはないというか……」

なおもごもごと不安を吐露するフィーネに、バルドゥールはふっと微笑を返す。

「俺も、贅沢なんて興味はない。もとより剣くらいしか趣味のない、つまらん男だ。家族といっても、貴族、特にうちのような軍人の家系では、地方に配属されて親元を離れたり婚姻のために国外に行くなんてのは普通の話だ。なにより俺は、フィーネ嬢が笑ってくれさえいれば、それでしあわせだから」

「……よくもまあ、そんなことを平然と言えますね」

自分の負けを確信しながら、フィーネはそんなせめてものあてこすりを口にした。

「それだけ真剣なんだ。むしろ、恥ずかしがっているだけの、余裕がない」

そんな弱気ともとれるバルドゥールの言葉を聴いたフィーネは、ふうとため息を吐《つ》いて、弱々しい笑顔で降参の言葉を告げる。

「なるほど、そうですか。……じゃあ、いいですよ」

フィーネの曖昧《あいまい》な言葉に首をかしげている彼に笑みを深めた彼女は、愉快な気持ちで、明確な言葉を、彼に与えることにした。

「とりあえず、結婚とかは後で考えることにして、今は、ただ、ただのおつきあいを、しましょうか。……私は、バル先輩の交際の申し出を、受け入れます」

そう言って肩の力が抜けたフィーネがにっこりと微笑《ほほえ》むと、なぜかここにきてはじめて、生真面《きまじ》目《め》な騎士は赤面した。

第7章　ひとつの光と、ふたつの声

新学期が始まって二週間近くがたった。

初秋というべきか、晩夏というべきか。昼間はまだうだるような暑さになる日もあるが、夜間は快適になってきた今日このごろ、私にはひとつの懸念があった。

リーゼロッテの様子が、おかしい。

まず顔色があまりよくない。

くわえて日中ぼんやりとしていることが多いし、少し情緒が不安定な気がする。

私は彼女のいとこのバルドゥールと彼女の妹になったばかりのフィーネとにそれとなく探りをいれたが、気のせいではないかと言われてしまった。

またエンドー様とコバヤシ様にもはぐらかされてしまったが、私は夏休み中に感じた不安感がどんどん強くなってきていて、だから、こうして、覗《のぞ》き見《み》のようなことをしてしまっている。

放課後、中庭で。

リーゼロッテを探していたら、彼女がバルドゥールを引き連れたフィーネに詰め寄られているのを目撃した私は、とっさに姿を隠して聞き耳を立てている。

「お姉様、ここ最近、夜中におきておられますよね？」

リーゼロッテはフィーネの確信を持っているかのような訊きかたと、咎《とが》めるような視線の強さに少し気圧《けお》されていたが、それでも優雅に微笑《ほほえ》み首をかしげる。

「ああ……、あなたの部屋まで、明かりでも漏れていたのかしら？　ごめんなさいね。最近読みたい本や、やらなければいけない課題が多くて。つい夜更かしを……」

「わざと夜更かしをしているわけじゃなくて、眠れていないんですよね？　お姉様が悪夢にうなされて、ときに飛び起きて、泣きじゃくって、それでも朝までにはどうにか立て直して、そうして相当な無理をして、けれどそんなことは気取られないように背筋を伸ばして学園に来ているということは、わかっています」

フィーネはそんな無理をしているリーゼロッテに対する怒りを抑えているような硬い声音で、淡々とそう言った。

「……な、んで、そんなことまで……」

リーゼロッテは顔色を悪くして、呆然《ぼうぜん》とそうつぶやいた。

けれど顔色が悪かったのは、きっと私も同じだろう。

彼女が、そんなことになっていたなんて。

どうして神々は、私にその事実を教えてくれなかった……？

「諦《あきら》めろ、リーゼ。フィーネは、マルシュナー公爵家の血を継ぐ彼女は、【王族の耳】を手に入れた。神々の声を聴くことができる彼女に対して、お前がいくら強がったところで無駄だ」

言葉を失ったリーゼロッテにバルドゥールがため息とともにひとつの事実を告げるのを、私はどこか遠くの出来事のように聴いた。

「……それほど、大したことではありません。ただ、少し夢見が悪いだけで……」

動揺を押し殺したためか、非常にこわばった声でリーゼロッテがそう反論した。

それを聴いたバルドゥールは険しい声で、忌々しげに吐き捨てる。

「馬鹿か。強引に俺の気持ちを暴露させたり、俺たちを性急にくっつけようとしたり、かと思えば殿下の心変わりを不安に思って涙までこぼす今のお前の状態の、どこが大したことじゃないというんだ。思えばここ最近のお前は、お前らしくなかった」

「……っ」

リーゼロッテは悔しげに口をつぐんだ。

うつむいてしまったリーゼロッテの紫水晶の瞳《ひとみ》に、じわりと涙がたまる。

私は思わず駆け出して彼女の涙を拭《ぬぐ》いたくなったが、そのときフィーネの口から私の名が出て、私は硬直してしまう。

「お姉様、私たちは、ただお姉様のことが心配なんです。ジークヴァルト殿下だって、夏休みがあけてからのお姉様はなんだか元気がないと心配していました」

「むしろめっちゃジークに問い詰められてて、最近あの笑顔がこわくなってきた件」

心外な。

エンドー様がそうおっしゃったが、私は幾度かバルドゥールと、彼の背後にいる神々に事実の確認をしにいっただけだ。

「そんなわけない……！　殿下は私のことなんて、どうとも思っていないっ……‼」

リーゼロッテが苦しげにそう言った瞬間、ぽろりと一粒の涙が落ちた。

フィーネはあわてた様子で言葉を重ねる。

「お姉様、殿下は本当に、心配してるんですよ。神様にも事情？　があるとかで、お姉様のここ最近の様子は教えていないらしいですが……」

「というか、なぜ殿下がお前のことをどうとも思っていないなんて発想になるんだ……？」

心底訝《いぶか》しげな表情で、バルドゥールが首をかしげた。

本当に。なぜリーゼロッテは私が彼女のことをどうとも思っていないなんていう、ありもしないことを言いながら涙まで流しているんだ……？

いったい彼女に、なにが起こっている？

問われたリーゼロッテは、寂しげな表情に変じ、ぽつりぽつりと語りだす。

「だって、私たちは元々婚約者という間柄ではあったけれど、学園に入るまではそれほど頻繁に顔を合わせる機会もなくて、どこか遠慮がある関係だった、でしょう」

「ん、まあ、お前の入学前はそんな感じ、だったな」

「最近はお話しする機会も増えたけれど、私は、フィーネとちがって、気が強くて可愛《かわい》げがない、でしょう……」

え。むしろその気が強い、というかいじっぱりなところが最高にかわいいと思っているんだが。

「むしろそのいじっぱりなところがかわいいと思われているのでは……？」

コバヤシ様がぽつりとそうおっしゃった。そうですそれです。

フィーネもコバヤシ様のお言葉にうなずいているし、こう、私はわりとあからさまなような気がするのだが。

それなのに、リーゼロッテは悲しげに、むしろ悲愴《ひそう》感すら感じさせる苦しげな声音で、言葉を続ける。

「私たちは未だに互いに愛称で呼ぶでもない、非公式の場でも気軽に会話ができるわけでもない。疎《うと》まれているほどではないと信じたいけれど、好かれてもいない。そんな、距離感。でしょう?」

そう心底悲しげに言ったリーゼロッテの頬に、一筋の涙が伝った。

バルドゥールは『なに言ってんだこいつ』とばかりに信じがたいものを見るような視線で彼女を眺め、フィーネはおろおろと戸惑いながらもそっとハンカチを差し出した。

「ゲームではたしかにそんな感じだったけど、今のジークはむしろかなり糖度高めなのに……」

「だからこそ俺らもリーゼロッテは平気だろうと思ってたのに。これが強制力ってやつか、それとも【魔女】の力か……?」

コバヤシ様とエンドー様が、心底戸惑ったような声音でそうおっしゃった。

聴こえてきた【魔女】、その単語に、嫌な悪寒が走る。

「それは、春先までの話で、今はお前らが相思相愛なことなんてこの学園の誰《だれ》もが知っているし、あー、子猫とライオンだったか?」

めんどくさそうにバルドゥールが尋ねた言葉に、フィーネがすかさずこたえる。

「そうです！　殿下のお姉様を見る視線は、かわいい子猫ちゃんがツンツンしているのを見守るライオンのそれです！　大型肉食獣の余裕と威厳とヤバさと愛情にあふれています！」

フィーネは力強く励ますように、そう言った。

余裕と威厳と愛情はともかく、ヤバさってどういう意味だ。

リーゼロッテがどこか子猫っぽいことは認めるが。

そんなリーゼロッテは、フィーネの言葉を聴いたきりそれを否定するように拒絶するかのように両耳を両手で抱えるように覆い、涙を流しながら弱々しく首を振っている。

今度こそ私は駆け寄り、彼女に声をかける。

「いったい、なにがあったの？　リーゼロッテ、どうして泣いているんだい？」

「なんでもありませんっ‼」

リーゼロッテは鋭くそう叫ぶと、涙に濡《ぬ》れた紫水晶の瞳で、私を睨《にら》んだ。

「たぶん、お姉様は考えすぎなんですよ。夏休みの間、お姉様と殿下とはちょっとしか会えなかったし、お姉様はさびしくて、不安になっちゃったんです。……ですよね？」

フィーネが私たちの背後からそんな言葉をかけてきた。

「そうなの？　そんな思いをさせて、ごめんね……？」

その少しこけたように見えるリーゼロッテの頬をなでながら、私はそう言った。

ああ、なんと言ったらいいのだろう。

私は確かに、彼女のことを思っているのに。どうしたらこの思いが伝わるのだろう。

この手に、視線に、そこに籠《こ》もる思いに、彼女が気がついてくれればいいのに。

「……ぁう……」

私の思いが通じたのか、リーゼロッテが恥ずかしそうに、困惑しきった表情で、そんな声をもらした。

「なんだそれかわいすぎるだろ」

彼女の常の様子と異なる、しゅんとしおらしい、弱ったようなリーゼロッテに心を撃ちぬかれた私は、思わず真顔で、そうつぶやいていた。

「……へ？」

リーゼロッテは惚《ほう》けたような表情で首をかしげた。

彼女の涙がどうやらとまったのはなによりだが、そうまっすぐ『お前はなにを言っているんだ？』と言っているかのような目で見つめられると、さすがに恥ずかしい。

私はひとつ咳払《せきばら》いをしてから、口を開く。

「ん、んんっ。その、なんていうか、私は君の婚約者、だから。君が泣いていれば心配するし、できることなら慰めてあげたいと、そう思う。寂しがらせたのなら謝罪するし、なにか他に悩みがあるのなら、教えてほしい」

聞き耳を立てていたことは悟られたくないが、それでも彼女のことをなんとも思っていないという誤解は、なんとか解きたい。

そんな思いで口にした私の言葉を聴いたリーゼロッテは、困ったような表情でうつむいている。

「……まあ、無理には、訊かないけど、さ」

私がそう付け加えると、リーゼロッテはちらりと私を見上げた。

一瞬だけ視線が合ったが、彼女はぱっと恥ずかしげに視線をそらせる。

その仕草は、それこそ警戒心の強い子猫のようだ。

「……かわいい」

私が思わずそうつぶやくと、リーゼロッテの頬が赤く、熱くなる。

ああ、あの日のようだ。

私は更に、彼女との距離をつめる。

「で、殿下……?」

リーゼロッテは戸惑ったように私を見上げ、硬直している。

この思いが、彼女に伝わればいい。

そんな思いで、いつかの再現のように。

けれど今度は確かに、私の意志で。

「な、なにを……っ」

うろたえた様子のリーゼロッテを無視する形で、口づけた。

吸い寄せられるように。

その、頬に。

「……っ！」

息をのんだリーゼロッテが、びくりとその体を震わせた。

途端、かくん、と、力を失ってしまった彼女の体を、慌てて支える。

「リーゼロッテ‼」

私は彼女の名前を呼んだが、リーゼロッテは一瞬薄目を開けただけで、くたりと気絶してしまっている。

彼女の死人のごとき青白い顔に、私の血の気が引いた。

春先に聞かされた【破滅】、夏休みに感じた【不安】と【嫌な予感】、そして先ほど聞いてしまった【魔女】。

それらが彼女を、害しているのか？

フィーネが、バルドゥールが、焦ったようになにか言いながら、こちらにかけてきている。

神々がなにごとかを叫んでいる。

けれど私はただ、繰り返し彼女の名を呼ぶことしかできなかった。


———


いつかの再現のように、ジークヴァルトがリーゼロッテの頬にキスをした。

その、瞬間。

「……っ！」

リーゼロッテの中で、いくつものことが、限界を越えた。

羞恥《しゅうち》、歓喜、混乱、困惑、恋心……。

彼女自身把握しきれないほどの様々な感情が、彼女の中で、爆発した。

それは、【古《いにしえ》の魔女】と呼ばれる悪霊によって悪夢をみさせられ、自我を揺らがされ、精神を蝕《むしば》まれ、ろくな睡眠もとれず、彼女の婚約者にも、妹にも、いとこにも、彼女自身にすらもどこかおかしいと思わせるほどに疲弊していた彼女には、耐え切れない程度の、衝撃だった。

「リーゼロッテ‼」

けれど意識を失う直前、リーゼロッテは最愛の人が彼女の名を呼ぶのを聴いた。

彼女の視界に最後に入ったのは、プラチナブロンド、金色に輝く瞳。

彼女にとっての、光のいろ。

彼女の混濁した感情と意識の中で、ただひとつの感情が、ジークヴァルトへの恋心だけが、輝いて。

それだけしかわからないような状態で、リーゼロッテは気を失った。

それからリーゼロッテは、夢を見た。懐かしく愛《いと》しい、夢を見た。

それは彼女にとって、はじめての記憶。はじめての恋の記憶。

リーゼロッテが、ジークヴァルトに出会った、最初の日のこと。

彼女が彼女の父によってはじめて王城に連れられていき、将来の婚約者であるジークヴァルトと引き合わされた瞬間。

「……おうじさま」

当時五歳のリーゼロッテはただそれだけ言ったきり、前日までに何度も何度も何度も繰り返し練習してきた挨拶《あいさつ》の言葉どころかただ頭を下げることすらすっかり忘れて、魂を抜かれたように呆然《ぼうぜん》としてしまっていた。

「リーゼ、リーゼ、……リーゼロッテ!!」

焦《じ》れた侯爵が彼女の名前を強く呼び、それでどうにか頭を下げても、彼女はそこから先どうしたらいいのかがわからず、今度は頭を下げたまま硬直する。

誰かに謝罪する父の言葉も、頭をあげるように言う他の大人たちの声も、リーゼロッテの耳には届かなかった。

「そんなにかたくならないで。ねぇ、二人であそぼうよ」

けれどジークヴァルトが小さな声でそう囁《ささや》いた言葉は、しっかりと彼女に届いた。

その言葉にぱっと顔をあげてぶんぶんと一生懸命にうなずく少女は、それを面白そうに微笑《ほほえ》んで見つめる少年に、すでに恋をしていた。一目ぼれだったのだろう。

リーゼロッテがこのとき【おうじさま】という言葉を使ったのは、実際の彼の身分を知ってのことではない。

彼女はジークヴァルトのことを、絵本にでてくる【おうじさま】のようだと感じてそう言葉にして、そして恋をした。

笑顔が綺麗《きれい》な、育ちのいい、美しい少年。

それもいっしょに遊べば、子どもにとっては大きな二歳差、男女差、遊びが合わないはずの差があるにもかかわらず、それを感じさせないほどに、彼は優しかった。

だから彼女は、その日だけで、恋をした。

幼い日の彼女は、その後【おうじさま】と自分が大人になったら結婚すると聴いて、大いに喜んだ。無邪気にはしゃいだ。

興奮した彼女は、彼女の父に、ジークヴァルト殿下がすてきだと思うこと、大好きになったこと、彼にも自分を好きになってほしいと思うこと、そのためだったらなんだか難しそうな王妃教育だって、リーフェンシュタールの長女としての剣と魔法の鍛練だって、子どもにとってはただつまらなかったマナー教育だって、なんだってがんばると、そんな意味のことを言った。

するとと彼女の父は、とても悲しそうな顔で微笑み、やるせなげに、彼女の頭をなでた。

「私に言う分にはかまわないけど、そのことは君の秘密にしておきなさい、リーゼロッテ。ジークヴァルト殿下は、好きとか嫌いとか、そんなことを軽々しく言えるお立場ではないんだ」

「……なんで？」

「彼は、この国の王となるお方だ。王となった彼が物や人について好きだとか嫌いだとか言えば、その影響力は大きく、混乱を招く。しかも彼はそのことを、よくご存知だ。もちろん妃になる君との仲が良好であれば喜ばしいことだが、好きになってほしいとか特別扱いをしてほしいとか、そんなわがままは、彼を苦しめるだけなんだよ」

難しい父の言葉の意味は、当時の彼女には理解できなかった。

けれど折に触れ釘《くぎ》をさされるうちに、政略結婚に愛までは望むなということだったのだと、ましてそんな要求をいずれ王となる彼にしたところで、彼はどうこたえることもできないということだと、リーゼロッテは、理解した。

それを裏付けるように、ジークヴァルトは、いつでもどこでもどんなときでも、微笑んでいる人物だった。

けれどその瞳《ひとみ》は、いいともわるいとも読み取れない、読み取らせない、凪《な》いだもので。

それは一見穏やかだけれど、どれほどの感情を抑えた結果なのか。

そのことに思い至れたそのとき、リーゼロッテは泣いて、それから宣言した。

「お父様、私、あの方のことを、支えたい。誰《だれ》のことも好きになってはいけないあの方のことを、私はどこまでも、好きでいたい。味方でいたい」

リーゼロッテがそう彼女の父に宣言したのは、去年のこと。

学園に通う前にその様子を見学にいった彼女は、偶然そこでたくさんの人に囲まれているジークヴァルトの姿を、みた。

そのときは彼の親友のアルトゥルはおらず、たくさんの人に囲まれていた彼は、そのすべてに平等に微笑んでいた。

誰かを選ぶということは、誰かを選ばないということ。

それゆえに、ジークヴァルトは、特殊な立場にあるアルトゥル、婚約者のリーゼロッテ、そんな一握りの人間以外とは、まだ学生のうちから、いや立場が定まっていない学生のうちだからこそ、距離を取らざるを得ない。

そのことが、ようやく、理解できた。その瞬間。

何年も積み重なったリーゼロッテの思いは、苛烈《かれつ》なほどの愛へと変わっていた。

たくさんの人に愛されて、同時にどこまでも孤独な彼のことが、リーゼロッテは苦しいほどに好きで、好きで、好きで仕方がなくなっていた。

だから、彼女はこの春から彼のいる学園に通い、そして少しずつ交流を深められた日々が、たまらなく嬉《うれ》しかった。この上ない幸福だった。

けれど、ナニカがその幸福に影を落とした。フィーネとほぼ同時に現れた、黒いナニカが。

ナニカは、その不気味な存在に彼女が気がついたときには、彼女の心の中に深く入り込んでいた。

リーゼロッテの恋心を歪《ゆが》ませ、ジークヴァルトへの不信感を植え付け、そうして彼女を弱らせ飲み込もうとする、邪悪。

嫌だ　嫌わないで
好き　他の誰かなんかみないで
あの子が憎い　私の光を盗《と》らないで
好き　私のものなのに　憎い
愛してる

だからこそ
ユルサナイユルサナイユルサナイユルサナイ[redacted]。
ワタシを捨てるなんて、[redacted]。

嫉妬《しっと》、怨嗟《えんさ》、憤怒、鬱憤《うっぷん》。ナニカはどろどろとしたそんなものをリーゼロッテの中に絶えず流し込む。

すると彼女の表情は嫉妬に醜く歪み、彼女の口は毒のように汚い言葉を吐き出し、彼女の体は酷《ひど》い嫌がらせをして、そうして気がつけば、彼女は異形の化け物と化している。

化け物と化した彼女はフィーネを、バルドゥールを、ジークヴァルトを、彼女の大切な人たちを殺そうとして……。

これが、彼女がここのところ毎夜見せられる、悪夢だった。

中庭で気を失う瞬間、リーゼロッテはまたあの夢を見る予感がしていた。

けれど、気を失う直前、光が、射《さ》した。

リーゼロッテの名を呼んだジークヴァルトの声は、彼の姿は、彼への愛しさは、彼女を守った。

光は、彼女に懐かしい夢を与え、彼への思いを思い起こさせた。

それを頼りにナニカに抗《あらが》うリーゼロッテに、届くはずのない、声が届く。

「やはり【古《いにしえ》の魔女】の呪《のろ》いが彼女を蝕みはじめているということか……！」

「リゼたん、心を強くもって！　絶対私たちが守るから！　あなたのこと、絶対絶対絶対に死なせないから！　ジークといっしょに、あなたのことしあわせにしてみせるから……！」

男性と女性の祈るような叫びが、ゆらぐ彼女の存在を包み込む。

「そうは言っても、残念ながら我々の声はリーゼロッテには届かない……！」

「うん……。悔しいけど、ジークにがんばってもらうしか……。私たちにできることは、実況と解説だけ……。……いや、ちがう。あとひとつ、――祈ること」

「祈る？」

「そう。リゼたんがしあわせになれるように、死なないように、本来の愛される彼女でいられるように、気持ちを強く持って魔女に負けないでいてくれるように、祈ろう。きっと通じる。……だって、私たちは、【神様】、なんだから」

重ねられた異界の彼と彼女の言葉は、あたたかくて優しい力へと変じ、嫌なナニカを、彼らが【古の魔女】と呼ぶ存在を、打ち消していく。

リーゼロッテは、ふ、と、呼吸が楽になった。

ああ、このままなら、久しぶりにぐっすりと眠れそう。

そんな予感に、彼女の強《こわ》ばっていた体の力が抜けた。その瞬間。

ゆらゆらと、ふわふわと。リーゼロッテは自分があたたかくて、その側《そば》にいるだけで安心するようなにかに抱き上げられていることに気がついた。

「ぐはっ……、お、お姫様だっこは威力が高い……！」

女性の声が、苦しげにそう言った。

「落ち着け小林《こばやし》さん！　痛い！」

男性の女性を宥《なだ》めようと試みる声が重なったが、うまくいってないらしい。

「だって、ジークがリゼたんをお姫様だっこなんて、ゲームじゃあり得なかったしめっちゃ萌《も》える……！　あー、むり！　尊すぎてむり‼」

そんな二人のやりとりに、リーゼロッテは愉快な気分になってきた。

「わかったわかっ、……と、ここでリーゼロッテが微笑《ほほえ》んで……？　からのすりすりとジークに身を寄せたぁ！　ジークはあまりのリーゼロッテのかわいさに、身悶《みもだ》えすることしかできない！」

「意識がない状態でこれほどの破壊力とは、さすがはリゼたんです！」

どうやらいつもの悪夢とはちがうようだが、今日はずいぶん変な夢だ。

そう考えるリーゼロッテから、二人の声が遠ざかる。

夢も見ないほどの深い眠りに、ゆっくりと彼女はおちていく。

ひとつの光と、ふたつの声。

それらに抱かれ眠る彼女には、もう、こわいものなんてなかった。


―――

「意識がない状態でこれほどの破壊力とは、さすがはリゼたんです！」

いつもの通りの楽しげな調子に戻ったコバヤシ様のお声を聞きながら、穏やかなものになった、しあわせそうですらあるリーゼロッテの寝顔に、私もようやく、少し肩の力を抜く。

あれから、少し、騒ぎになった。

フィーネが瞬時に回復魔法をかけ、すぐにバルドゥールがこの学園でいちばん治癒術に長《た》けている存在、私の親友アルトゥルを連れてきた。

二人がリーゼロッテに下した診断は『ただ疲れて眠ってるだけ』とのものだったし、途中、コバヤシ様の祈りが通じたのかリーゼロッテがふっと穏やかな様子に変わった瞬間から徐々にリーゼロッテの顔色もよくなってきている。

しかしそれでも眠り続ける彼女のことが心配でしかたがなかった私は、リーゼロッテを抱き上げたまま、彼女の家まで送っていくことに決めた。

彼女を迎えに来たリーフェンシュタール侯爵家の馬車に、彼女を抱きかかえたまま乗り込む。

侯爵家の護衛は私に代わってリーゼロッテを運ぶと申し出てきたが、断った。

すやすやと安心しきった顔で私に甘えて眠るリーゼロッテを手放すつもりも、ましてや他の男に任せるつもりも、一切ない。正直、腕が疲れてきたが、これは譲れない。

やがて扉が閉められ、馬車ががたごとと動き出す。

リーゼロッテと、二人きり、馬車の中で、しかも彼女は眠ったまま。

どぎまぎしないといえば嘘《うそ》になるが、不埒《ふらち》なことをするつもりはない。

「……それで、古の魔女とは、伝承に残る【大いなる災厄】、【邪悪の黒】とも呼ばれる、あの古の魔女のことで、間違いないのでしょうか」

私は、御者に聞かれないようにこっそりと、神々にそう問いかけた。

そう、この場にいるのは私たちだけだが、神々の目がある。不埒なことなどできるわけがない。

……いや、見ていなければなにをするというわけでもないが。

「そうです。リーゼロッテは魔女と波長が近いということでその肉体を狙《ねら》われていて、魔女は今、リーゼロッテの精神を弱らせその体をのっとろうとしています」

コバヤシ様が淡々とした声音で語るおそろしい事実に、思わずリーゼロッテを抱く腕に、力がこもった。

「リーゼロッテは魔女の干渉により心が死んでしまうと、体を乗っ取られ、異形のバケモノへと変じ、そしてフィーネを殺そうとする。フィーネを殺したあとは、この国を。この国を滅ぼしたあとは、この世界を。それを止めるためには、リーゼロッテを殺すしかないという悲劇が、ゲームのシナリオで、以前お話しした、彼女に訪れる【破滅】です。そしてその悲劇を防ぐ鍵《かぎ》は、ジーク、あなたにあるんです」

私が、鍵……？

続けられた言葉の意味がわからなかった私が首をかしげると、コバヤシ様がくすりと笑った。

「リゼたんは本当にジークのことが大好きで、彼女の心を生かすも殺すも、あなたにかかっている、ってことです」

からかうような声音でそんなことを言われた私は、なんと言ったらいいのかわからず、ただうつむいた。

コバヤシ様はそんな私の困惑をよそに、ゆっくりと語り続ける。

「ゲームでは、リーゼロッテはジークに突き放されて、闇《やみ》に堕《お》ちる。他の誰かに非難されても糾弾されても彼女は悪役令嬢らしく不敵に振る舞うけれど、ジークだけは駄目。逆にいえば、あなたが嫌わない限り、リーゼロッテは、大丈夫」

そこまで、思われているのか。

リーゼロッテは私に突き放されると、心が死んでしまうほどに、私のことが好きだ、と。

私の頬に、少し熱がこもった。

「すまん。このことは、本当はもっと早くに言ったほうがよかっただろうし、ジークにいちばんに伝えるべきだったんだろうけど……」

「でもそれって押し付けがましいっていうか、『だから世界のためにリゼたんに恋をしろ』って言っているようなものだから、言いたくないよねってのばしのばしにしているうちに、こんな事態になってしまって……。ごめんなさい」

聴こえてきた神々の謝罪に、私は恐縮した気持ちで首を振る。

むしろその神々の心遣いは、私にとってありがたいものだ。

王族としての義務感や、古の魔女復活の鍵を握る存在としての使命感なんてものに気持ちが縛られることなく、虚偽や欺瞞《ぎまん》をはさむことなく、これまでのリーゼロッテとの日々を歩めたことは、本当によかった。

「でも、もう、大丈夫、だよね？　今ならそのことを知っても、なんの問題もない、よね？」

確信したようなコバヤシ様の言葉に、もうはっきりと自分が赤面しているのがわかる。

そして、確信されていることが少しだけ悔しい。

だって、それはつまり、私がすでに彼女に恋をしていれば、なんの問題もないということで……。

「……まあ、大丈夫、ですね。リーゼロッテは、行動原理を知ってしまうと、びっくりするほどかわいいです」

そう言葉にすることは少し気恥ずかしかったが、私は認めた。認めざるを得ない。

リーゼロッテは、かわいい。私は、彼女のことが、愛《いと》しい。

今さら私が彼女を嫌ったり、突き放したりなど、あり得ない。

「よかった！　じゃあ、リゼたんのことは、ジークに任せました。もちろん私たちも注意してみていきますが、これからリゼたんが不安そうだったり眠れてないっぽかったりしたら、すかさず甘やかしてあげてください。心を安定させてあげてください。そうすれば魔女は、リゼたんに手出しはできないはずなので」

「かしこまりました」

コバヤシ様の言葉にそう返事をしながら、私は改めてリーゼロッテの顔を覗《のぞ》き込む。

「古《いにしえ》の魔女、か……」

古の時代から、世界のあちこちで災厄を撒《ま》き散《ち》らしてきた魔女。

幾度もその肉体を滅ぼされてなおリーゼロッテのような被害者を出してはこの世界に繰り返し黒い影を落としてきた、邪悪そのもの。

私は、そんなおそろしいものに狙われているという自分の婚約者の少女を、いずれ私の妃となる彼女を、今はただ強く、抱き締めた。


——————


到着したリーゼロッテの自宅には、彼女の父、リーフェンシュタール侯爵がいた。

「で、殿下……⁉　リーゼ⁉　も、申し訳ありません！」

私がリーゼロッテを抱きかかえている姿を見た彼は、驚愕《きょうがく》したのち、頭を下げた。

なぜ彼がここにいるのかと思いながら、私は彼と挨拶《あいさつ》を交わす。

侯爵によると、リーゼロッテが倒れ、しかもそれを私がここまで送りにやってくると聴いて、慌てて出迎えに帰って来たとのことだった。

「リーゼロッテは学園で気を失ってしまって、今は眠っている。フィーネ嬢とリヒター伯爵家のアルトゥルに診《み》てもらった。少し精神と肉体に疲れがでていて深く眠っているだけとのことだから、安心してほしい」

「ああ、それは、お手数をおかけしました」

「私の婚約者のことだ。気にしなくて良い。ところでこのまま彼女を部屋へと連れていこうと思う

んだが、……二階か？」

私がそう尋ねると、侯爵は慌てたようにぶんぶんと首を振った。

「いえそんな！　これ以上殿下のお手を煩わせるわけにはいきません……！　おい、誰か！」

侯爵が家人へと声をかけるのを、私は止める。

「いや、私の婚約者を、他の誰かの腕に預けるつもりはない。いいから部屋へ」

首を振ってそうはっきりと言った私の顔を、侯爵は、ぽかん、と、あっけにとられたような表情で見つめている。

わが国の将軍でもある彼がここまで隙だらけになるとは、そこまで珍妙なことを私は言ったのだろうか。

「………」

しばらく呆然《ぼうぜん》としたまま私の顔を見ていた彼は、無言のまま、じわりとそのリーゼロッテによく似た紫の瞳《ひとみ》を、涙でうるませた。

「⁉　ど、どうした侯爵」

慌てた私が声をかけると、侯爵はそっとその涙を指先で拭《ぬぐ》いながら、口を開いた。

「いえ、その、色々込み上げてくるものがありまして……」

「ああ、そうか。父親としては、私に思うところがあるか……」

いくら婚約者といえど、未婚の娘を抱き上げたまま私室へと入り込もうとする輩《やから》など、泣くほど嫌で当然だ。

仕方ない。誰か女性か、いっそこの彼女の父にでもリーゼロッテを託すべきだろう。

「いいえそういうわけではございません！　あまりにも嬉《うれ》しいというか感慨深いというか、……その、この子は、夢を叶《かな》えたのだな、と」

意外なことに、彼は私の言葉を否定し、そしてわけのわからない言葉を続けた。

「夢？」

「ええ。リーゼが五歳のときの話です。私だけがきいた、彼女の夢が、あったのです。それから、彼女自身それが叶わないとなんとなくわかってはいても、口にしてはいけないとわきまえてはいても、どうしても娘が諦《あきら》めきれなかった、ずっと夢中で追いかけた夢が、あったのですよ」

それは、具体的にはどういう夢なのだろう。

首をひねる私に、侯爵はただ優しく微笑《ほほえ》んだ。

私に教えてくれるつもりは、ないらしい。

「……よかったな、リーゼ」

そう言って愛娘の頭をふわりと撫《な》でた彼は、城でみかける将軍の顔とも、社交界でみかける侯爵の顔とも違い、ただの一人の、父親の顔だった。

「ああ、すみませんこんなところで引きとめまして！　リーゼロッテの部屋はこちらです、どうぞ」

侯爵はそう言って歩きだした。

ぱっと空気を変えられてしまって、今さら結局夢とはなんだったのかは、訊《き》けない雰囲気だ。

「結局五歳のときの夢、とは……？」

どうやらエンドー様にもわからなかったらしい。

「手記に載っていた例のアレですね。はじめて二人が出会った、その日からの夢です。ただ我々の口からバラすのは、野暮というものでしょう」

そんなコバヤシ様のお言葉に、私はすこし焦《じ》れったい気持ちになった。

「ああ、アレか。アレは、本人の口から言わせるべきだな」

けれど、そう、えらく楽しそうにエンドー様がおっしゃるのを聴いた私は、ああ、これはまたリーゼロッテがかわいいやつなのかと、たのしみな予感に胸をおどらせた。

あとがき

はじめまして。恵《え》ノ島《しま》すずです。

本作は小説投稿サイトに投稿していたものを加筆修正したものです。

ウェブ版ではすべて一人称で視点をコロコロ変えていましたが、ジークヴァルトの一人称プラス三人称に変更しています。

またウェブ版で八万字弱であった部分がこの一三万字強の一冊になっております。

初見の方も、既にどこかで読んだという方も、楽しんでいただければ幸いです。


次に、謝辞です。

まずはここを読んでおられる読者の方々、ありがとうございます。

中にはウェブ上で本作を公開したときから応援してくださっている読者の皆様も、それどころか月の光の時代から私を応援してくださっている読者の皆様も、きっとおられることでしょう。

本当にありがとうございます。あなた方のおかげでここまでこられました。

イラストを担当してくださったえいひ先生、ありがとうございます。かわいくてかっこよくてさわやかなイラストに、にやにやしっぱなしです。日に三回は眺めています。

担当O様をはじめとするカドカワBOOKS関係者の皆様、右も左もわかっていない私を大変細やかにサポートしていただき、感謝の念でいっぱいです。ありがとうございます。

ウェブで小説を書く仲間として知り合い、私が泣きつくたびに親身に相談にのって励ましてくれた綾乃葵《あやのあおい》ちゃん、あるるん、美味《おい》しそうなにくまんちゃん、神井千曲《かみいちくま》さん、どったん、脳缶《のうかん》ちゃん、ブービーさん、わんたんめんちゃん、ありがとう。

日々私を応援して支えてくれている家族と、親友Yと、愛犬のミルクにも、ありがとう。

この時点でありがとうありがとうありがとうと、やたらめったら謝辞が長いなこいつ……と、あきれている方、おられるかと思います。その通りです。

まあよくぞこんなにも各種各方面に感謝したい人々がいたものだと、自分で書き出してみてびっくりしました。

それだけ本作は本当に色々な人々に助けていただきました。

様々な方に応援していただき、期待していただき、なんてしあわせな作品なのだろうと思っております。

ところでここを書くにあたって「あとがき　書き方」で検索した結果知ったのですが、デビュー作のあとがきの謝辞がおおげさなのは、ライトノベルあるあるらしいですね。

お仲間がいっぱいいるようで、安心しました。

それだけデビュー作というのは各方面に迷惑をかけながらもなんとかかんとか世に出している作

家が多いということだとも思います。

本作もなんとかかんとか本になり、そして今、読んでくださっているあなたの手の中にあるのかと思うと、なんだか夢のようです。

もしも奇跡が重なって、またどこかであってそのときに謝辞がすっきりしていたら、成長を感じていただけるのかなと思います。

そんな願望も交えまして。

それではまた。どこかで。

お便りはこちらまで

〒102－8078
カドカワBOOKS編集部　気付
恵ノ島すず（様）宛
えいひ（様）宛

カドカワBOOKS

ツンデレ悪役令嬢《あくやくれいじょう》リーゼロッテと実況《じつきょう》の遠藤《えんどう》くんと解説《かいせつ》の小林《こばやし》さん

2019年４月10日　初版発行

著者／恵《え》ノ島《しま》すず

発行者／三坂泰二

発行／株式会社KADOKAWA

〒102-8177
東京都千代田区富士見2-13-3
電話／0570-002-301（ナビダイヤル）

編集／カドカワBOOKS編集部

印刷所／旭印刷

製本所／本間製本

KADOKAWA　カスタマーサポート
［電話］0570-002-301（土日祝日を除く11時～13時、14時～17時）
［WEB］https://www.kadokawa.co.jp/（「お問い合わせ」へお進みください）
※製造不良品につきましては上記窓口にて承ります。
※記述・収録内容を超えるご質問にはお答えできない場合があります。
※サポートは日本国内に限らせていただきます。

Printed in Japan
ISBN 978-4-04-073051-6 C0093

新文芸宣言

かつて「知」と「美」は特権階級の所有物でした。

15世紀、グーテンベルクが発明した活版印刷技術は、特権階級から「知」と「美」を解放し、ルネサンスや宗教改革を導きました。市民革命や産業革命も、大衆に「知」と「美」が広まらなければ起こりえませんでした。人間は、本を読むことにより、自由と平等を獲得していったのです。

21世紀、インターネット技術により、第二の「知」と「美」の解放が起こりました。一部の選ばれた才能を持つ者だけが文章や絵、映像を発表できる時代は終わり、誰もがネット上で自己表現を出来る時代がやってきました。

UGC（ユーザージェネレイテッドコンテンツ）の波は、今世界を席巻しています。UGCから生まれた小説は、一般大衆からの批評を取り込みながら内容を充実させて行きます。受け手と送り手の情報の交換によって、UGCは量的な評価を獲得し、爆発的にその数を増やしているのです。

こうしたUGCから生まれた小説群を、私たちは「新文芸」と名付けました。

新文芸は、インターネットによる新しい「知」と「美」の形です。

2015年10月10日
井上伸一郎

「小説家になろう」
年間恋愛異世界
転生/転移ランキング
1位
（2017/1/6調べ）
※「小説家になろう」は
株式会社ヒナプロジェクトの
登録商標です
トラブル・相談ごとは
聖女におまかせ！
20代OLの異世界
スローライフ！
シリーズ
大好評
発売中!!
FLOS COMICにて
コミック連載中
聖女の魔力は万能です

最強の鑑定士って誰のこと？
Who is the strongest appraiser?
～満腹ごはんで異世界生活～
美味しい料理で胃袋をがっつり掴んだり……
チートアイテム＆技能でものづくりをしたり……
たまに活躍!?
チートな鑑定で事件も解決!!

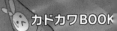

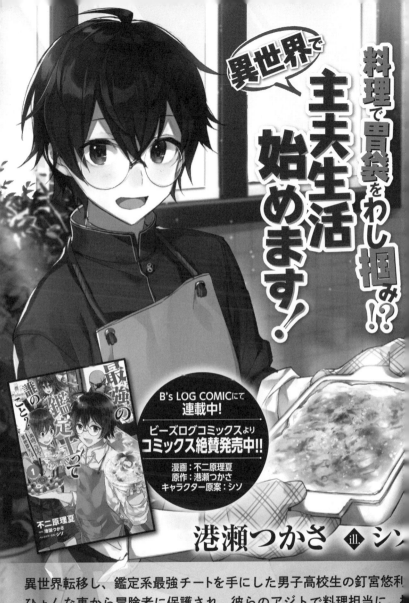